小谷野敦

川端康成と女たち

GS
幻冬舎新書
647

川端康成と女たち／目次

第二章 『伊豆の踊子』と二度現れる少年 73

惹かれてしまうものの深層

DTP　美創

序文

文豪の名作も「ポリコレ＝政治的正しさ」で読まれ得る時代

私は、二〇〇六年に谷崎潤一郎の伝記を出して以来、多くの日本近代文学者の伝記を出してきた。里見弴《とん》、久米正雄、川端康成、近松秋江《しゅうこう》、大江健三郎と江藤淳といったところだ。それらにおいて、私は基本的に伝記的事実を記述することにとどめ、いわゆる「作品論」に深入りすることはしなかった。というのは、一九八〇年代の「文学理論」の流行以来、さまざまな作品読解の方法が用いられた結果、「なんでもあり」になってしまい、実際目新しい作品論などというものはもう出てこないだろうと考え、伝記研究という、研究の原点へ立ち戻ろうとしたからである。

スーザン・ソンタグの『反解釈』というよく知られた批評がある。ソンタグはここで、文学作品の「解釈」という方法を批判している。精神分析によれば、とか、ジェンダー理論を用いれば、といった「解釈」のことである。だが、それならどういう文藝批評がありうるのか。ソンタグはいくつかの実例をあげているが、最初に来る、イタリアの文藝学者エーリヒ・アウエルバッハの『ミメーシス』の冒頭にある、『オデュッセイア』の、オデュッセウスがひそかにイタカへ帰還して、乳母が脚の傷から正体に気づく場面を扱ったものが印象に残る。アウエルバッハはこの場面を紹介しつつ、分析とか解釈とは違う形で、語り直している。実は『ミメーシス』は、比較文学の世界でも古典的名著とされるものだが、「ミメーシス」というのは模倣という意味で、文藝は現実を模倣して描くものだという理論を意味し、これと対になる「エクフラシス」という手法も指摘されている。

だが、アウエルバッハがここで使った技法が何であるかということは、必ずしも明らかではない。この文学作品は表面上こう見えるが実はこういう意味だ、といった「解釈」をしているのでないことだけは確かである。たとえば、ここには父を憎んで母と寝たいという男の欲望が隠されている、というのではない。

実際には、現代において、優れた文藝批評家は、「解釈」ではない文藝の語り方をしている、とも言えるが、その一方、「ポリコレ」、つまり政治的な正しさで文藝を語るようなやり方もかなり跋扈《ばっこ》していると言わざるを得ない。

一九八五年に、テリー・イーグルトンの『文学とは何か』という文学理論入門が翻訳されて、これを元ネタにして筒井康隆の『文学部唯野《ただの》教授』が書かれてベストセラーになったが、そのころから二十年ほど、文学理論の黄金時代が訪れて、ほとんどありとあらゆる古典的な文学作品が文学理論を当てはめられた。一時期は、男の登場人物の間の「ホモエロティック」を見つけ出すのがはやって、英米文学では、シェイクスピアからフォークナーまで、すべての文学作品にホモエロティックな感情が見出されるようになった。私はそういう「批評」をバカバカしく思い、長いこと作家の伝記ばかり書いて来た。そのたびに「作品論はやらない」と宣言していたので、私としては少しは作品論的なことも言っているのだが、「文学理論」的な作品論に慣れた読者にはそれが作品論に見えないらしく、「確かに作品論はまったくない」などとウェブ上に書かれて苦笑したりした。今回も「文学理論」的な作品論にはならないだろうし、私の中にそういうものを自然にとらえる気持ちがなくなっている。

川端文学の本当の価値

川端康成は、没後五十年を迎える。以前であればこれで著作権が切れて作品がパブリック・ドメインとなったのだが、保護期間が延長されたのは悲しむべきことだ。また三島由紀夫の没後五十年がその二年前に来て、人気の高い三島との関係で、川端がノーベル文学賞を譲るよう三島に言ったなどというおかしな風説も流れている。年長の川端がそんなことを言うのもおかしいし、決めるのはノーベル賞委員会だし、右翼的活動をしていた三島になどとれるはずがない。どうも世間では、川端文学の本当の価値を理解していないのではないかと考え、伝記のほかに改めて作品を論じたものを出すことにした。川端の作品論的なものは、大久保喬樹《たかき》、富岡幸一郎などが最近出しているが、それらはどういうわけか「魔界」をキーワードにして川端を論じている。「仏界入《ぶつかいい》り易《やす》く、魔界入り難し」といった書を川端が書いているからだが、こういう言葉も手垢がついてきたので使わないことにした。

もともと川端は、「美しい日本の私」などと言う保守派文化人と理解されてきた面があったが、そのほかにも、代作が多く、その数は私が伝記を書く前後から増えていった。また十七年も日本ペンクラブの会長を務め、「文壇の総理大臣」として政治的な力を持っていたとも言われ、晩年には東京都知事選で秦野章《はたのあきら》を応援したことも悪印象を強めたらしい。

　私がここで言いたいのは、川端自身にいろいろ欠点はあるが、作品にはすばらしいものがあるということである。世間では、作品の良さは作者の人格の見事さと一体だと考えたがる人がいるようで、ベートーヴェンやロマン・ロランなどが、聖人的藝術家とされ、それへの批判もあった。だが、川端自身、文士は放蕩無頼《ほうとうぶらい》だ、と言っているし、太宰治の文学が、太宰の人格のすばらしさではなくダメさと結びついていることは明らかである。確かに太宰と川端では、ダメさの方向性が違う。しかし太宰だって、「走れメロス」は、シラーの詩の小栗孝則による翻訳を適宜脚色して散文にしただけである。

　川端が代作させたのは、中里恒子《つねこ》の『乙女の港』が知られるが、ほかに「空の片仮名」のように、当時代作だと指摘した龍胆寺雄《りゅうたんじゆう》が、その後そのために文壇から逐《お》われたという伝説がある。文壇から逐われたのは事実ではないが、代作は事実であることが分かっている。また戦後は、菊池寛の秘書で代作者だった佐藤碧子《みどりこ》の代作が多く、『女であること』『川のある下町の話』『東京の人』が代作とされている。

　代作はむろん良くない行為だし、川端が道徳的に批判されても仕方ない。その一方、川端の弟子だった耕治人《こうはると》のように、一種の被害妄想から、川端に土地をだまし取られたといったことを、川端の死後に小説に書き、川端を敵視していた平野謙がそれを利用して川端を攻撃するといったことがあった。つまり、川端にも悪いところがあるが、川端を批判する人もフェアではなかったというのが事実である。

人間は、人物Aのしたことを分別《ぶんべつ》して、したことBは悪いがCという悪いことはしていない、という風に考えるのがかなり苦手であるらしく、ある人物Aは善か悪かどちらかにしないと気が済まない。私はそれを分別して考えているのだが、なかなかそれは伝わらない。また人物の善悪の分別を、知的にではなく情緒的にするくせがあり、これは悪いことだが気持ちとして理解する、と言ったりする。

不可解な〝ロリコン趣味〟のイメージ

川端については「ロリコン趣味」があると言われることもあるのだが、それが具体的に何を指しているのか分からないことがある。『掌《てのひら》の小説』の一編である「士族」は、確かにそのような作品だが、一般人がそんなマイナーな作品を知っていて言っているとは思えない。「伊豆の踊子」のことか？　とも思うのだが、あれはほぼ事実そのままの私小説で、川端自身である一高生は十九か二十歳という年ごろであり、自分と十歳も違わない少女への思いを「ロリコン」と言うには当たらないだろう。川端没後の一九七七年に臼井《うすい》吉見《よしみ》が小説として発表した『事故のてんまつ』は、川端の遺族と激しい争いを巻き起こしたが、これは川端が自殺前に、信州から来たお手伝いさんに執着したという事実を描いたものである。ところが、女性週刊誌などがそのお手伝いさんを「少女」と書いたことから、またしても「ロリコン」と言われたりしたのだが、そのお手伝いは当時二十三歳であった。

　また、川端にはプロットを立てるのが下手という欠点があった。『掌の小説』のように短いものだと天才を発揮するのだが、新聞連載小説など、戦前はことごとく失敗しており、途中で収拾がつかなくなっている。『浅草紅団《あさくさくれないだん》』などもその一つなので、一冊になったのを読んで首をかしげている人もいるだろう。戦後になると、短編を連ねて長編らしくする方法を見つけるのだが、自分で筋をこしらえるのはできなかったようだ。『美しさと哀しみと』だけはプロットがあるのだが、これは三島にでも考えてもらったのではないかという気すらする。

古典的名作は、今後も「名作」として生き残れるか

あとちょっと迂遠《うえん》な話をする。私たちは、シェイクスピアや『源氏物語』やホメロスを、古典的名作文学だと思っている。それに間違いはないが、シェイクスピアからは四百年、『源氏』からは千年、ホメロスからは数千年しかたっていないということを忘れるべきではなかろう。人類は、一般的な種の寿命からいえば、あと数万年ないし数百万年生き延びることになる。すると、数万年たってもこれらが名作かどうかは、実は分からないのである。もしかしたら百年後には「機動戦士ガンダム」が古典的名作になっているかもしれないのである。

川端の代表作とされているのは『雪国』である。だが、この作品は、果たして今後も名作として残っていくかというと、私は疑問である。あれは、温泉藝者との情事を描いており、そのことを情緒的に美しいと感じなければ味わいの失われるものだからである。つまり、現在名作とされているものが、百年後、千年後も名作とされている保証はないのである。ないしは、今少しずつ違う見方をされつつあるということもあるのである。だから、「不朽の名作」とか「永遠の傑作」といった考え方は、捨てたほうがいいとも言える。私たちに見えているのはこれまでの世界でしかなく、そこにおいて名作である、ということ

と、今後の見通しがいくらか分かるだけなのである。

　また、川端には「少年」という、当初「伊豆の踊子」と一緒に書かれていた小説のような、回想録のようなものがあり、いまだ文庫版などになったことがない。これは茨木《いばらき》中学時代の同性愛体験を描いたものだが、これによって川端が同性愛者と見なされたことはない。この相手は小笠原義人という人で、一家で天理教に入っていた。ただし明治以後、寄宿舎などでこうした同性愛は一般的であり、川端が特にその傾向があったというわけではない。もっとも菊池寛のように、青年期までかなり強い同性志向だった者もおり、菊池は新人の川端の引き立て役となっている。

　川端の良くないところはほかにもある。中年以降、勉強しなくなったことだ。優れた作家は、生涯勉強を怠らない。大江健三郎は海外の詩人・小説家について十年に一人と決めて勉強していたし、谷崎潤一郎は老いてからも英文雑誌を読み、海外の新しい文学や思想に目を向けていた。だが川端は、中年以降、ペンクラブ会長として多忙だったこともあるが、美術・骨董品の蒐集《しゅうしゅう》に夢中になり、莫大な借金を作った上、睡眠薬中毒になり、ろくに勉強をしなくなった。中年以後、川端が読む本といったら、人から寄贈されたものや、推薦文を頼まれたもので、その推薦文も代筆が多かった。さらに川端は銀座のバーでの女遊びも激しかったが、それが『眠れる美女』のような名作を生みだしたことはいいとも言えるし、美術品にのめりこむことも川端の美の世界に何ほどかは貢献しただろうことを思えば、一概に悪いとは言い切れない。

第一章　『雪国』の謎を解く

前衛藝術か、藝者遊び小説か

『雪国』……東京に住む妻子持ちの若き文筆家・島村が、越後湯沢の温泉藝者・駒子と出会い惹かれ合う物語。各雑誌に分載された断章（「夕景色の鏡」「白い朝の鏡」など）が、連載後にまとめられた。その後も改稿を重ね、一九四八年版（創元社）が一般的な最終版とされているが、川端が死の直前にさらに手を入れた『雪国抄』（ほるぷ出版、一九七二年刊）が実際の最終版となる。

川端の若い頃と女給文化

川端の『雪国』は、厄介な作品である。ノーベル賞作家の代表作と見なされているが、いきなりこの作品にとりついた人は、しばしば困惑することになる。私の場合は高校二年生の冬のことである。自宅に、母の持ち物であったか、カバーなしの新潮文庫『雪国』があった。古いほうだと、まだ最後の天の河の場面まで入っていないが、母が読んだのは一九六〇年ころだろうから、それは入っていた。少し、期待して読んだ。読み終わって、

「なんだこれは――」

としばし呆然とした。

ノーベル賞受賞当時、読んだ人々から、「ストーリーがない」「no tell（ノーテル、何も語らない）賞だ」と言われたくらい、筋は茫漠としており、かといってそれが幻想味を醸《かも》し出しているというのでもない。

「国境の長いトンネルを抜けると雪国であつた」

という書き出しは有名だが、川端はここから書き始めたわけではないので、有名な小説の冒頭をどのように書くか苦吟する川端を想像するのはあまり意味がない。

川端は、今の大阪府茨木《いばらき》市で育った。代々の地主で、父は医師として大阪市内の病院に勤務していたが、康成が幼いころ、父と母は肺結核のため若くして死んでしまう。康成には姉がいたが、私はこの姉は実の姉ではないだろうと考えている。康成の祖父・三八郎は、かなりあった財産を一代で使い果たしてしまった放蕩者《ほうとうもの》であり、康成が十六歳の時に死ぬまで、康成の最後に残った肉親だったが、称随尼《しょうずいに》という女を養女にしていた。おそらくこれが祖父の愛人で、姉を生んだのだと考えている。

もっとも、孤児といっても、川端には裕福な親戚がいて、ちゃんと面倒を見てくれた。

母の実家の黒田家や、親戚の秋岡家で、康成はそこそこかわいがられて育ち、成績も優秀で、第一高等学校に入り、東京帝国大学文学部英文科に進んだ（のち国文科に転じる）。学費も黒田家で出してくれた。だが川端が文学に熱中し、友人らと第六次『新思潮』を出すなどして、一年留年したために、康成は五年目の学費は断り、貧しい暮らしをした。第四次『新思潮』の同人だったのが、菊池寛、久米正雄、芥川龍之介らで、当時文壇に出ていたから、特に菊池には世話になり、小説の代作もしたことがあった。菊池から、一年上の早大の横光利一を紹介された。

当時は「カフェの女給」というものがいた。高校も大学も当時は男子だけだから、そういう酒場へ男子学生は出入りして、そこで働く「女給」を張り合ったりしていたのだ。夏目漱石の『三四郎』には、美禰子《みねこ》という素人女が出てくるが、あれは川端の時代から十数年前のことながら、あんな風に都合よく若くて美しい娘と遭遇できるものではない。

今の本郷の東大から御茶ノ水駅へ行く途中あたりに、川端とその仲間が集まるカフェ「エラン」があった。エランはフランス語で「跳躍」という意味で、フランスの哲学者ベルクソンの「エラン・ヴィタール」（生の跳躍）という語が昔はよく知られていた。そこにいたのが「ちよ」という女給で、本名を伊藤初代《はつよ》といった。

川端は初代に惚れ込んで、まだ二十三歳だというのに結婚する決意をし、本郷に二人で住む新居まで探してきた。菊池はいくらかのカネをくれた。だが突如、岐阜の養家へ帰っていた初代から、「私には非常があるのです」という謎の手紙が届く。川端は友人の三《み》明《あけ》永《えい》無《む》とともに岐阜へ向かったり、実父を訪ねて岩手県へ行ったりしたが、結局この話は破談になってしまい、康成は深い傷を負って、このことを繰り返し小説に書くことになる。破鏡の原因として、初代が僧侶か誰かに強姦されたから、というのをあげる者があるが、川端の小説でその後来た手紙に「あなたを恨みます」とあるから、それは疑わしい。むしろまだ大学生で定職もなかった川端が一家を構えるということに無理があったとも言える。なお康成は、のち結婚するまで童貞だったと言われており、それは事実だろう。

生涯添い遂げる秀子と挙式

川端の処女作は三つあると自分でも言っている。最初が、『新思潮』に載せた「ある婚約」だが、次に同誌に載せた「招魂祭一景《しょうこんさいいっけい》」が、久米正雄らに賞賛された、新人の作としては鮮やかな手際が感じられる小品である。

大正十二年（一九二三）一月、つまり前年の暮れに菊池が創刊したのが『文藝春秋』で、総合雑誌として今日まで続いているが、最初は薄い、文壇ゴシップ誌のようなものだった。菊池は『真珠夫人』で通俗小説作家として名をあげ、自ら文藝春秋社を興したのである。川端や横光らはその同人に名を連ねていたが、その年の秋に関東大震災に見舞われる。

大正十三年三月に、商業雑誌『新小説』（春陽堂）に載せた「篝火《かがりび》」は、伊藤初代事件に取材した第二の処女作とされるが、その秋、川端と横光を中心とした若い作家たちによって、同人誌『文藝時代』が創刊される。ここに集った若手作家らが、「新感覚派」と呼ばれることになる。東大国文科を一年遅れて卒業した川端は、教授の藤村《ふじむら》作《つくる》が世話しようとした教師の職を断り、専業作家としてやっていくことになり、当面貧しい生活を余儀なくされる。

川端の住所は、現在の大田区の馬込《まごめ》の文士《ぶんし》村《むら》と呼ばれるところから、昭和初年に上野桜木町に移っているが、その前に結婚している。相手は松林秀子という、青森県出身の女性で、文学少女めいたものが東京に憧れて上京してきたものらしい。父は消防団員を兼ねていたが消火の際に事故死していた。夏目漱石の友人でドイツ語学者・漢詩人の菅《すが》虎雄《とらお》という人がいたが、その息子の菅忠雄というのが、作家を志し『文藝時代』に参加していた。秀子は菅の家の手伝いをしていたが、川端もそこへ来るようになり、菅の留守に二人で留守番をしていたら、できてしまったらしい。

秀子はそれから何度か流産し、流産がくせになってしまったらしく、夫婦には実子ができなかった。そのため、親戚の娘の政子を養女に貰《もら》ったのである。

作家としては、生涯にわたって川端は仕事をしまくったが、初期は当たるを幸い仕事をした。大正十四年には『文藝春秋』に「十七歳の日記」（のち「十六歳の日記」）を分載し、十五年には『文藝時代』に「伊豆の踊子」を分載したが、この作品は発表当時から有名だったわけではない。翌年には『伊豆の踊子』という短編集が出ているが、知られるようになるのは昭和八年に映画化されてからだ。また「掌《てのひら》の小説」は初期に多く発表され、『感情装飾』として刊行された。

恋愛結婚ができなかったことを悔やんでいた川端

川端は昭和二年、「中外商業新報」に「海の火祭」を連載したが、プロットの立てられない欠点が出て、筋は支離滅裂となり、単行本になったのは川端の没後のことだった。昭和四年には「東京朝日新聞」に「浅草紅団《あさくさくれないだん》」を連載し、これは話題になったが、筋立ては相変わらず下手で、筋にもなっていなかった。当時浅草に、カジノ・フォーリーという若い女が踊るレヴューがあって人気を呼んでおり、途中でズロースを落とすなどという噂も流れ、それと連動して、浅草の不良少女を描いた川端の小説が注目されたのである。

明治・大正期の「娘義太夫《むすめぎだゆう》」人気から、若い娘の芸能人目当てに若い男が群がる現象はあり、大正後期には「浅草オペラ」がその対象となり、「ペラゴロ」と呼ばれる男たちの中には、川端や宮澤賢治もいた。昭和に入ってからのそれが、榎本健一が発端となった「カジノ・フォーリー」で、川端はこれに入れ込み、一時は舞踊評論家のようになっていた。『雪国』の島村《しまむら》が舞踊評論家と名のっているのも、そのせいだ。そのうち、カジノの一員で梅園龍子《うめぞのりゆうこ》という娘に、川端が目をつけ、密かにカジノから引き抜いて、本式に舞踊を習わせるようになった。川端は、踊り手として目をつけただけではなく、恋愛の気持ちもあったが、そちらは見事に振られた。そのことは、川端が作家仲間の吉行《よしゆき》エイスケ（淳之介の父）に宛てた長い手紙に詳しく書いてある。川端はその手紙でほとんど泣いている。

　戦後の名作とされる『山《やま》の音《おと》』で、主人公の、川端と同年配で、老いが忍び寄るのを感じ始めた尾形信吾《おがたしんご》は、好きだった女は死んでしまって結婚できず、好きでもなかったその妹と結婚したという設定になっている。しかし、好きな女とは結婚できなかったというのは、川端の偽らざる感傷だったであろう。初期に「初代もの」を「繰り返し盛り返し」て書いていることを、秀子夫人は、苦々しげに、のちに川端自身が否定するでしょうと語っているが、川端が本当に好きだったのは、「踊子」はともかく、伊藤初代であり、梅園龍子だったのである。

『雪国』の「駒子」との出会い

川端は、家では仕事ができないと言い、旅館へ行って仕事をするのを、戦後まで常とした。のちには「福田家」を定宿とするが、上野にいたころは、犬や鳥などをたくさん飼っており、そこから「禽獣《きんじゅう》」のような小説も生まれたが、子供がいるわけではないから、それがうるさいので外で書くというのでもない。家にいると落ち着いて書けないのだろう。

昭和九年の夏は、群馬県の温泉で執筆していた。その当時は、家に郵便物が来ると、秀子が出先へ転送しており、川端はそのやり方がまずかったりすると、「馬鹿野郎」とどなるために東京へ帰ろうかと思ったなどと、手紙で暴君ぶりを発揮している。秀子も川端を手紙で「旦那さま」と呼んでいる。

六月、川端はふと思い立って、新潟へ出ることにし、水上《みなかみ》駅から上越線で北へ向かい、越後《えちご》湯《ゆ》沢《ざわ》で降りた。上越線が越後湯沢まで延伸したのは大正十四年、この時から九年前のことである。この時、川端は初めて「国境」を越えたのだが、もちろん六月だから、出た先は「雪国」ではなかった。この「国境」について、「こっきょう」か「くにざかい」かという議論がある。明治維新前は、群馬県は上野国《こうずけのくに》、新潟県は越後国だったから「国境」なのだが、どう読むかについては、どうでもいい・どっちでもいいとしか言いようがない。「掌の小説」についても、「てのひら」か「たなごころ」かという議論があるが、これもどっちでもいい。

そして問題の高半《たかはん》旅館に宿泊したのだが、この時はまだ「駒子」のモデルの藝者とは会っておらず、いったん帰京している。だが、その土地が気に入ったのか、八月末に再びこの旅館へ泊まっている。この時もむろん「雪国」ではない。そしてこの九月一日、盲目の女按摩《あんま》を呼んだ。この人は本名を星野ミサというが、のち『雪国』が名作とされるようになったから、多くの人がモデル探しにやってきて調べた結果分かっているのだ。

このように、文学作品について、モデル探しをしたり調べたりすることを嫌う人もいる。作品は作品として味わえばいいので、そんなことは余計なことだと考えたがるわけである。しかし、調べたくなる気持ちがあるのもやむをえない。特に、研究者の場合、作品を読んで感想だけ言っていたのでは、感想文だ、学問ではないなどと言われることがあるから、学問らしい体裁のために調査するということもある。だがそれも、ある時期からプライバシーといったことがうるさくなり、綿密に文学作品のモデルについて調査することがやりにくくなった。それでも人は調査をやめないだろう。

　川端は女按摩に体を揉ませながら、いい藝者はいないか教えてくれと言った。女按摩は、顔がいいのと、話ができるのとどっちがいいかと訊《き》いた。川端が、話ができるのがいい、と答えたので、按摩が紹介したのが、松栄《まつえ》という藝者だった。松栄は本名を小《こ》高《たか》キクといい、この年満で十九歳になり、三月ごろにこの温泉町で藝者になった。ここはキクに記憶の錯誤があるが、おそらくこの九月に呼ばれたのが最初だろう。藝妓《げいぎ》にせよ娼妓《しょうぎ》にせよ、置屋と揚屋《あげや》が別ということがあり、この場合は温泉旅館だから、置屋からおそらく三味線を持ってやってくるのである。松栄は一階の部屋に呼ばれ、翌日から二階の霞の間へ移ったと言っている。

　松栄は文学少女だったことがあり、自分の帳面に、読んだ本の感想など書いていた。それでも川端の名は知らなかったらしく、毎日三味線を聞かせに通っていて、三日目に、川端が封書の表に「川端康成」、裏にも同じように書いているのを見て、ものを書く人かもしれないと思ったという。

話のできる藝者といっても、松栄は別に不美人ではなく、十人並みの容貌で、恋人がいたこともあったという。九月は五日ほどの滞在で川端は帰京したらしいが、十二月にまた湯沢へ行って松栄に会っている。この十二月の越後湯沢行きの時であろう、清水トンネルを抜けると雪国だったという経験を初めてしたのは。

連載が二誌で同時スタート

「雪国」の一部が初めて発表されたのが、この十二月である。今でも雑誌は、一月号は十二月にといった具合に月号より早く出る習慣があり、文藝雑誌は九月号は八月七日と決まっている（現在『すばる』のみ一日早く六日に出る）。当時は、一月号は十二月十九日あたりに出ていた。「夕景色の鏡」が載った『文藝春秋』新年特大号は、「読売新聞」の広告で見ると十二月二十日に、「白い朝の鏡」が載った『改造』は十二月十九日に出ている。

川端は十二月六日に越後湯沢に着いているから、それからこの二編を大急ぎで書いて、十二日ごろに送ったものらしいことが、書簡から分かる。内容はいずれも松栄との情交を描いたもので、慌てたためか両方とも題名に「鏡」が入り、それでいて「白い朝の鏡」には中に鏡を出すのを忘れている。

内容から推すと、松栄とは前回九月の滞在の時に、すでにセックスしていたらしい。十二月にわざわざ松栄のいる越後湯沢へ来てそれを描いたわけで、そこには作家の生理が現れている。当時、わいせつなことがらを書けば検閲に引っかかるので、まず編集部で伏字を施したが、それでも引っかかることがあった。

『文藝春秋』は、今ではやや厚い文藝・総合雑誌になっていた。『改造』は、大正八年に山本実彦《さねひこ》が改造社を興して発足させた総合雑誌である。昭和初年、ロシヤの革命の余波で日本の学生らが社会主義熱に煽《あお》られ、プロレタリア文学が全盛を誇った時代、『改造』と『中央公論』が、二大知的雑誌として、学生が競って読む雑誌になり、谷崎潤一郎などは京大生から、あなたのようなブルジョワ作家は革命が成就したら、などと脅されたりしていた。

ヨーロッパ諸国、米国、日本は、社会主義革命の波及に怯え、シベリアへ出兵したり、国内の社会主義者を弾圧したりした。米国ではサッコとヴァンゼッティがソ連のスパイとして処刑され、長く冤罪《えんざい》事件だと言われていたが、今では実際にスパイだったことが分かっている。日本では一九二五年（大正十四）に普通選挙法と治安維持法が制定され、社会主義者を取り締まった。のちに治安維持法は最高刑が死刑とされ、昭和八年二月に左翼作家の小林多喜二《たきじ》が拷問によって殺され、六月に佐野学《まなぶ》と鍋山貞親《なべやまさだちか》が獄中で転向を声明し、転向が相次いだ。死ぬのが怖かったのである。

そこで「文藝復興」というかけ声が起こったのだが、要するにプロレタリア文学の壊滅と、ブルジョワ文学の復興をそう言っただけである。川端は、小林多喜二の虐殺当時、文藝時評でこれに触れたが、当局によって削除されている。

多喜二が死んだ一年後の昭和九年二月に、時代小説作家の直木三十五が病死した。直木はほかの時代小説作家らとともに「ファシズム」寄りであった。当時、吉川英治など歴史・時代小説作家は、反共が多かった。直木と親しかった菊池は、昭和二年に自殺した芥川とあわせて、純文学の芥川龍之介賞と、大衆文学の直木三十五賞を創設することにして、九年十二月に『文藝春秋』新年号誌上で発表した。この時川端は、最も若い評議員（詮衡《せんこう》委員）となっており、翌年の選考の時点で満三十六歳だったが、この年齢での芥川賞選考委員の記録は今日まで破られていないし、これからも破られないだろう。

「駒子」への視線と指のこと

さて、小高キクこと松栄の側に立って川端を見れば、読んだ本について稚拙な感想をノートに書きつけている文学少女のところに、中央で活躍する三十代の作家がふらりと訪れるなどというのは、貴人の出現にも等しいのである。村上春樹や島田雅彦が場末のキャバレーに来たみたいなものである。藝者というのは、本来は三味線を弾いて歌を歌うなど藝を売るものだが、体も売ってしまうことは少なくなく、松栄のような「温泉藝者」においてはなおさらである。川端は当初「友達でいよう」と言ったらしいが、結局は「寝て」しまったことが分かり、それは九月の滞在の時であったろう。

「夕景色の鏡」の冒頭から引用する。『川端康成全集　第二十四巻　雪国（プレオリジナル）』からである。

一

濡れた髪を指でさはつた。――その触感をなによりも覚えてゐる、その一つだけがなまなましく思ひ出されると、島村は女に告げたくて、汽車に乗つた旅であつた。

「あんた笑つてるわね。私を笑つてるわね。」

「笑つてやしない。」

「心の底で笑つてるでせう。今笑はなくつても、後できつと笑ふわ。」と、最後までは拒み通せなかつたことを、その時女は枕を顔に抱きつけて泣いたのだつたけれども、彼はやはり水商売の女だつたと笑つて忘れるどころか、それがあつたゝめに反つて、いつも女をまざまざと思ひ浮べたくなるのだつた。ところが、目で見たものや耳で聞いたものはいふまでもなく、唇で触れた彼女も、はつきり印象しようとあせればあせるほど、つかみどころがぼやけてゆくのだつた。記憶の頼りなさを知るばかりだつた。たゞ左手の　　　だけが彼女をよく覚えてゐた。島村はその　　を不気味なものゝやうに眺めてゐることがあるくらゐだつた。自分の体でありながら、自分とは別の一個の生きものだ。それに彼女がやはらかくねばりついてゐて、自分を遠くの彼女へ引き寄せる。

　国境のトンネルを抜けると、窓の外の夜の底が白くなつた。信号所に汽車が止つた。

と、ここまで来て、おなじみの部分が出てくるのだが「雪国」という語はまだ出てこない。このあと「駅長さあん」と呼ぶ娘が出てきて、その名が葉子《ようこ》だと分かる。

　つまり川端は最初から、温泉藝者の松栄と寝てしまって、けっこうその女に惹かれている、ということを書くつもりだったのである。伏字ではなく空白になっているのが「人差指」「指」である。

これは最終版でも、「こいつが一番よく君を覚えていたよ」と言って左手の人差し指を出す場面として残っているが、大学で教えていてここを紹介すると、女子はわりあい意味が分かって笑うのだが、男子がかなりとんちんかんなことを言うのが常であった。一年生だから十八か九で、男子は指で触れた経験がないのだろうから仕方がない。

そのあと「夕景色の鏡」には、駒子の側のこんな内心が描かれており、これは最終版『雪国』にはない。

> それではこの男も、私をほんたうに知つてくれたのだつたか、それにひかれて遥々来たのだつたか、どこを捜しても私のやうな女はさうゐないので忘れなかつたのかと、彼女はなんだか底寂しい喜びに誘ひこまれた。（略）かういふ男は彼女にとつて逆らい難い誘惑だつた。と云つたところで、彼女はまだ水商売が身にしみてゐるわけでなし、多くの男を知つてゐるわけでもないが、まだ十六七の頃に、自分がどんなにいい女であるかを、男から嚙んでふくめるやうに教へられ、その時はそれを喜ぶどころか、

> 恥ぢるばかりだと、男はいよいよむきになつて褒めちぎつたので、やがて男の云ふことが彼女の頭の底に宿命のやうに沈みついてしまつたのだつた。けれども、それが彼女自身ではつきりと分るやうになつた後まで、天刑をあばかれたやうな初めの哀しみは消え残つてゐるのだつた。余りに早く愛なくして知つたためであつたろう。

　この部分が何を言っているのか分かるだろうか。私は、教えられなかったらちんぷんかんぷんであったろう。これは、駒子が「名器」の持ち主であるということを言っているのである。そう知ると、文章の全体がはっきりと意味がとれるようになるが、それに気づかないと、何を言っているのやらわけが分からない。

『雪国』最終版には、最後のほうに島村と駒子のこんな会話がある。

> 「君はいい女だね。」
> 「どういいの。」
> 「いい女だよ。」
> 「をかしなひと。」と、肩がくすぐつたさうに顔を隠したが、なんと思つたか、突然

むくつと片肘立てて首を上げると、

「それどういふ意味？　ねえ、なんのこと？」

島村は驚いて駒子を見た。

「言つて頂戴。それで通つてらしたの？　あんた私を笑つてたのね。やつぱり笑つてらしたのね。」

真赤になつて島村を睨みつけながら詰問するうちに、駒子の肩は激しい怒りに顫《ふる》へて来て、すうつと青ざめると、涙をぽろぽろ落した。

「くやしい、ああつ、くやしい。」と、ごろごろ転がり出て、うしろ向きに坐つた。

島村は駒子の聞きちがひに思ひあたると、はつと胸を突かれたけれど、目を閉ぢて黙つてゐた。

私はこの場面もよく意味が分からなかった。岸恵子が駒子を演じた最初の映画化（一九五七、豊田四郎監督）では、このやりとりはあるが、特に説明はない。対して、岩下志麻が駒子を演じた二度目の映画（一九六五、大庭秀雄監督）では、岩下が、「一年に一度会いに来るにはちょうどいい女だってこと？」と解説をしている。

彼らが実際にこのやりとりの意味をどう解釈していたのかは分からないが、これも「名器」についてのことであり、それも分かっている人には分かっていたらしい。私が『雪国』の「名器」について知ったのは、千葉俊二の論文「ポルノグラフィとしての『雪国』」（「特集 川端康成――切断とずらし」『國文學：解釈と教材の研究』二〇〇一年三月号）によってだが、フランス文学者の高山鉄男の「悲しみと日々 川端康成の作品における自我の構造」（『季刊藝術』一九七一年十月号）には、駒子がこれを「卑俗な意味に解して怒る」とある。これだけ見ても私には分からなかっただろうが、高山には分かっていたし、知っている人は知っていたようである。

『雪国』は発表直後に寺崎浩《てらざきひろし》（作家、徳田秋聲《しゅうせい》の女婿《じょせい》）が脚色し、花柳章太郎《はなやぎしょうたろう》が主演して劇化されているが、台本が見つからない。その後もたびたび劇化されているが、この点が特に新たな解釈をされたものはなさそうだ。

女にとって、名器ゆえに男に愛される、というのは、複雑な気分であろう。美貌ゆえに愛されるというのも、気になりはしないかと思うが、あまり「顔が好きなだけでしょ！」と怒る女というのはいない。

ぼやかされていった、妻ある男と温泉藝者との情事

『雪国』最終版では隠されているが、オリジナルでは、島村に妻がいることも、駒子が島村の妻のことを気にしていることも書いてある。それがなくなったため、最終版はいよいよわけの分からないものになってしまったのだが、もともとは、妻があるのに温泉藝者とセックスして惹かれてしまった男と、やはり男に惹かれつつ所詮は藝者という意識に辛さを感じる女のドラマで、映画も演劇もそのようなライン上で演じられていたのだが、実際にはさらに名器という味が添えられたエロティック文藝だったわけである。しかし、『雪国』として一冊にまとめる時に、それを分かる人にだけ分かるようにした結果、そのことは伝えられず、誰も解説では触れないまま、「名作」ということになって今日まで来ているのである。

断章タイトルの「鏡」が出てくるのは、『雪国』冒頭で、汽車の窓に写った、男を介抱する葉子の姿についてである。

「鏡の底には夕景色が流れてゐて、つまり写るものと写す鏡とが、映画の二重写しのやうに動くのだつた」

というあたりである。ここは横光が「沿線の小駅は石のやうに黙殺された」（「頭ならび

に腹」）で用いたような新感覚派的な表現を使ったところだが、川端は大正十五年に衣笠貞之助に請《こ》われて、横光や片岡鉄兵《かたおかてっぺい》と、映画『狂つた一頁』の脚本を書いており、その時新聞が「新感覚派映画聯盟《れんめい》」などと名づけたが、映画製作はこれ一つで終わった。横光は昭和十年には「純粋小説論」を発表して、難解なことを言う文藝の理論的カリスマとなり、戦時体制下、戦争協力作家として歩むことになる。

島村は、もちろん川端自身とは変えて書かれている。「無為《むい》徒食《としょく》」とされ、

彼は東京の下町育ちなので、子供のうちから歌舞伎芝居になじんでゐたが、学生の頃は好みが踊や所作事に片寄って来て、さうなると彼は一通りのことを知らないと気のすまぬたちゆゑ、古い記録をあさつたり、家元を訪ね歩いたりして、やがては日本踊の新人とも知り合ひ、研究や批評めいた文章も書き出した。

とあるが、「所作事」は「踊り」と同じではないかという気もする。つまり東京で裕福な家に育ち今も定職についていないお坊ちゃんという設定なので、現実の川端よりはやくざな男にされている。顔については描写がないが、演劇や映画では当代の片岡仁左衛門《にざえもん》の

ようなやさ男が演じることになっている。

「白い朝の鏡」も駒子のことを描いたものだから、川端は同時に二つの、同じものを描いた小説を別々の雑誌に出したことになる。のち「山の音」や「千羽鶴」で川端が使うことになる手であり、締め切り的にも追いつめられた状態だった。「白い朝の鏡」は、

> 女は以前東京の花柳界にゐたことがあるといふものの、それは十六七の頃までで、今は山の温泉場の三味線の師匠の家にゐて、鑑札は持つてゐない。道路開きの宴会に十三四人の藝者が出払つてゐた夜、宿屋から藝者代りに呼ばれて、気紛れ半分に島村といふ男の座敷へ来てみると、女は寂しい田舎暮し、男は山から一週間目に人里へ出たばかりだから、お互ひに都会的な話相手に飢えてゐたか、夜更けまで話しこんでももの足りぬ、人なつかしさが後に残つて、翌日の午後村の共同湯の帰りにまた島村の部屋へ寄り、長居に過ぎたと気づいて立ち上るとするところを、男は呼び止めて、藝者を世話してくれと云ひ出した。

という長い文で始まるが、要するに同じ話で、主人公も島村で同じである。

作品の出来に川端は悲観的だったが……

『文藝春秋』新年号は、ほかに谷崎潤一郎の「職業として見た文学について」、久保田万太郎の「余白」、広津《ひろつ》和郎《かずお》の「明暗」、竹内逸《たけうちいつ》の「買笑《ばいしょう》栄華物語」が載っている。『改造』は、やはり谷崎の「大阪の藝人」のほか、「新年読物特輯《とくしゅう》」として、木村毅《き》、村松梢風《しょうふう》、山川菊栄《きくえ》「天狗騒動」、三上於《お》菟《と》吉《きち》などが載り、「新春特別創作欄」として、正宗白鳥《まさむねはくちょう》、久保田万太郎、葉山嘉樹《よしき》、川端、徳田秋聲らの純文学小説が載っているが、この「創作」という語は、当時純文学小説を指す語として使われ、芥川賞の規定にも「新人の創作」と書いてあり、現在も純文学雑誌は、小説を「創作」と表示している。これに対して「読物」は、『文藝春秋』別冊として『オール讀物号』ができ、のち『オール讀物』として、大衆文学・通俗小説誌となったように、大衆・通俗文藝を指す言葉となった。戦後の『小説新潮』創刊以後は、講談社の『小説現代』などが「中間小説誌」とされ、『オール讀物』もこれに入れられている。

川端が帰京したのは十二月十三日だが、自分では作品の出来にかなり悲観的で、手紙に、『文藝春秋』に出したのはひどいものだ、と書いている。『改造』のほうはさらにひどいと思っていたのだろう。一方、松栄のほうは、帰京した川端から、手紙をもらっていた。そこには、今度出る雑誌に載せた小説でモデルとして使ったことを、勝手にモデルに使ってすまないと詫びてあった。松栄は、町の書店へ走り、雑誌の片方を買って帰ってすぐ読んだ。顔が赤くなった。

ところが、自分ではひどい出来だと思っていた作品が、文壇では非常に評判が良かった。おそらくそのために川端はその後も越後湯沢へ足を運んで松栄に会い、続きを書くことになったのである。

複雑な心境なのは松栄だけではない。秀子にしてみたら、被害とも言える。だがその当時、小説家が「浮気」をして、それを小説に書いて生計を立てるということは、珍しいことではなかった。歌舞伎役者でも、色ごとは藝の肥やしと言ったりした。秀子の場合はそれに、自分が望まれて結婚したわけではないという苦しみが加わっていた。初代のことを繰り返し書いていたのも不快だし、梅園龍子に恋心を抱いていたのも知っていただろう。

海外では藝者小説として、国内では花柳小説として

戦後になって、『雪国』がサイデンステッカーによって英訳された際、その英訳の表紙が藝者の絵なのを見て、川端があれっと思ったという。『雪国』について、柄谷行人は、

あれは鏡が主題で、日本はアメリカの鏡だからアメリカの日本文学者に受けたのだと言っていたが、一般的には、藝者（ゲイシャ）小説として受容されたのである。西洋にとって、ジャポニズムは多くサムライかゲイシャである。

だが、『雪国』という題でまとめられるまで「島村もの」などと呼ばれていたシリーズは、そもそも日本でも「花柳《かりゅう》小説」の一種として受け止められていたはずで、川端自身が、これが評価されていく間に、そのことを忘れていたのではないかという気もする。

日本には元禄時代の浮世草紙や浄瑠璃以来、遊里《ゆうり》での遊びを描く文藝が存在した。近代に入ってからは、花柳界での遊びを描く花柳小説になり、永井荷風などが藝者の世界を多く描いた。大正五年（一九一六）、漱石門下の赤木《あかぎ》桁平《こうへい》が、「〝遊蕩《ゆうとう》文学〟の撲滅」を書いて、近松秋江、久保田万太郎、長田《ながた》幹彦《みきひこ》ら、娼妓藝妓との遊びを描く作家を攻撃したが、ほかに谷崎、小山内薫なども書いており、遊蕩文学を描かないのは漱石と小川未明《みめい》くらいではないかとも言われた。

国家は花柳小説に対して弾圧的ではあったが、プロレタリア文学にもまた批判的だったから、プロレタリア文学の壊滅は、花柳小説の復興をも意味したとも言え、昭和十二年（一九三七）には荷風が玉の井の娼婦との交情を描いた「濹東綺《ぼくとうき》譚《だん》」を「東京朝日新聞」

に連載し、単行本を岩波書店から出した。朝日も岩波も、まじめな新聞・出版社だと思われていたから意外の感をもって迎えられたが、この場合は荷風の反俗的な姿勢が軍部の台頭への風刺になったりもしたのである。川端の「島村もの」は、川端自身が、名声がある閾値《いきち》を超えたところへ、その時流にうまく乗ったのであろう。

日本史学者の横田冬彦は、京都府と大阪府で、遊里に遊ぶ客の人数が、都市部を中心に一九一〇年代から二〇年代に急増し、三〇年代には周辺農村部にも客が増加したと指摘し、「旅行などの非日常的な機会に羽目を外すというレベルではなく、自分が家族（母・妻・娘）とともに住む同じ都市空間において、その日々の生活時間の中に買春が日常行為として組み込まれている」状態になったとし、「大衆買春社会」と呼んでいる（横田「『遊郭名簿』と統計―大衆買春社会の成立」歴史学研究会・日本史研究会編『「慰安婦」問題を／から考える―軍事性暴力と日常世界』岩波書店、二〇一四）。

近代になって、娼妓藝者と遊ぶことは道徳的な批判の対象となり、廃娼運動も起こったが、庶民の現実はそれとは乖離していた面も大きかったということで、先の『文藝春秋』にあった竹内逸「買笑栄華物語」などもその一例だろう。これは上海で売春をしている日本人女三人を描いたもので、竹内は日本画家・竹内栖鳳《せいほう》の息子である。

越後湯沢へ九ヶ月ぶりに行くまで

昭和十年、川端は多忙であった。内務官僚・警保局長の松本学が、「文藝懇話会」を作って文学者たちと会合を開き、川端も参加した。二年後に『雪国』は文藝懇話会賞を受けることになる。川端の数多い受賞歴の最初のものである。徳島出身で、ハンセン病のため全生《ぜんしょう》病院（現多磨《たま》全生園）に隔離入院していた北條《ほうじょう》（北条）民雄《たみお》という筆名の青年から手紙が来て、のちその「いのちの初夜」などを世に出すことになる。「最初の一夜」と題されていた原稿を「いのちの初夜」と名づけたのは川端である。川端と北条の交渉は、高山文彦のノンフィクション『火花　北条民雄の生涯』に詳しいが、川端自身北条の原稿はアルコール消毒して読んでいたが、実際はハンセン病は成人にうつることはない。高山著の中に、志賀直哉が川端を訪ねて来て、北条の原稿を読んでいる川端に「何を読んでいるんだい」と訊き、飛んで逃げ帰ったと書いてある。だが典拠が不明だし、志賀は川端の十三年上で格が違い、一人で川端の宅を訪ねたりする関係とは考えにくい。志賀が、北条の作品の掲載された雑誌に触れるのも嫌がったというのは伝えられており、それに基づく高山の創作ではないかと思う。

川端は一月から三月まで「福岡日日新聞」に「舞姫の暦《こよみ》」を連載したが、これまたいつもの支離滅裂になって、単行本が出たのは川端の没後だった。また三月には川端の「浅草の姉妹」を原作として、東宝の前身のＰＣＬで『乙女ごころ三人姉妹』として映画化され、細川ちか子、堤真佐子、梅園龍子が主演した。このころ、朝鮮の舞踊家・崔承喜《さいしょうき》の公演があり、舞踊評論家でもある川端はそれも含めてせっせと舞踊の公演に通い、舞踊評を書いていた。世話をしている梅園龍子も益田隆の舞踏団に参加していた。六月からは第一回芥川賞の選考が始まるが、川端は高熱を発して慶応病院に入院していた。

　七月五日の朝、内務省地階の歯科技工室でアルコール缶が爆破し、歯科医が火だるまとなり、女助手とともに慶応病院へかつぎこまれた。その経緯を見聞した川端は、短篇「イタリアの歌」にこの事件を取り入れている。これは『花のワルツ』に入っているが、これと短編集『愛する人達』は、川端の作品中でも優れたもので、いくらか通俗味はあるが、川端の天才が自然に流露《りゅうろ》したものと見ていいだろう。

　八月に川端は退院し、芥川賞の選考に加わり、石川達三「蒼氓《そうぼう》」を受賞作に選び、選評を書いた。候補の一人であった太宰治について「私見によれば、作者目下の生活に厭《いや》な雲ありて、才能の素直に発せざる憾《うら》みあった。」と書いた有名なものである。太宰は怒り、『文藝通信』十月号に「刺す。さうも思つた。」と書いた。この『文藝通信』は、文藝春秋社発行の文藝総合雑誌で、のち『文學界』に統合される。太宰の文は「芥川賞後日異聞《トピック》」の一つだったから、お膝元で載せたものだ。川端は黙殺するつもりだったが、太宰から返事を期待していると佐藤碧子から聞かされて返答を書くことになる。

温泉藝者のけなげさと崇高さ

越後湯沢の高半旅館へ行ったのは九月三十日で、ほぼ九ヶ月ぶりということになり、その日のうちに松栄を呼んでいる。『雪国』に書かれていないのは、島村（川端）がそこでのことを小説に書き、駒子（松栄）がそれに文句を言ったであろう、そのことである。この時の湯沢滞在は十月末までで、仕事がたまっているため長くかかった。この時の日記はのちに公表されて、松栄が来た時はそれが記してある。『日本評論』（日本評論社）の十一月号に「物語」、十二月号に「徒労」と、「島村もの」の続きを載せているのは、この時書いたものだ。「徒労」は『改造』に載せることにしていたが、『日本評論』の室伏高信《むろぶせこうしん》が秀子に交渉して、続けて同誌に載せることになった。「物語」は、はじめはこんな風だ。

三味線の師匠の家にゐるといふので、温泉宿の宴会の席などへ頼まれて、藝者に混

> つて出ることもあつたが、踊を二つ三つ見せてさつさと帰るといふ風だつたから、いはば藝者と素人娘との間のやうなものであつた。
>
> それにあの時、女はひどく酔つてゐた。例へば、自分の胸を庇はうとして、腕組みしたが、痺れてゐて役に立たないものだから、
>
> 「なんだこんなもの。畜生。畜生。だるいよ。こんなもの。」と、自分の腕をじれつたさうに叱りつけると、いきなり、肘にかぶりついた。（略）
>
> 自分の女に負けまいと、歯ぎしりして力みながら、
>
> 「私が悪いんぢやないわよ。あんたが悪いのよ。あんたが負けたのよ。私ぢやないわよ。」と、口走り続けてゐた。
>
> 「あんた笑つてるわね、私を笑つてるわね。心の底で笑つてるわね。今笑つてなくつても、きつと後で笑ふわ。」と、泣いた。

この「笑ってるわね」は、前にも出てきた。このように駒子の描写は繰り返し出てくるものが多い。そのあと、島村が会いに来たのは百九十九日目で、五月の二十三日からだという会話がある。五月二十三日から百九十九日だと十二月八日あたりだが、特に意味はな

いようだ。それから、駒子が日記をつけているという話になり、

日記の話よりも、尚島村が意外の感に打たれたのは、彼女は十五六の頃から、読んだ小説を一一書き留めておき、そのための雑記帳がもう十冊にもなつたといふことであつた。

「感想を書いとくんだね？」

「感想なんか書けませんわ。題と作者と、それから出て来る人物の名前と、その人達の関係と、それくらゐのものですわ。」

「そんなものを書き止めといたつて、しやうがないぢやないか。」

「しやうがありませんわ。」

「徒労だね。」

「さうですわ。」と、女はこともなげに明るく答へて、しかしぢつと島村を見つめてゐた。

「徒労」は次の回の表題なのだが、ここで使ってしまっている。そのため、「徒労」では、

徒労という語を挿入しながら、今度は駒子の三味線の腕前を見せる番になる。

普通の稽古本の外に、杵家彌《きねいえや》七《しち》の文化三味線譜が二十冊ばかり入つてゐたので、島村は意外さうに手に取つて、

「こんなもので稽古したの？」

「だつて、ここにはお師匠さんがないんですもの。しかたがないわ。」

杵家彌七は、女性の長唄三味線弾きで、これは四代目（一八九〇－一九四二）で、夫の赤星國清とともに、従来の三味線譜と違う五線紙に倣《なら》った文化譜を発明した。ところが、これを読んだ宇野浩二が川端に「あの方（松栄）に、文化譜ではなくて長唄協会の譜で稽古するようにおっしゃってください」と言ったという。「駒子」は、実際に存在して、川端が伝言できる人として読まれていたのである。

そこで島村は、駒子が弾いた長唄「勧進帳」に打たれるわけだが、要するに、田舎の温泉藝者が、読んだ本についてノートをとっているとか、存外に見事な長唄を弾いてみせるとか、そういうけなげさ、崇高さを見せようという、モーパッサンの「脂肪の塊《かたまり》」や、デ

ユマ・フィスの「椿姫」のような趣向を、この小説は持っているということになる。

当時の読者には、その「情感」を感じ取ることができたのである。別に男の読者には限らない。戦後、「新潮文庫」が装いを改めて再出発した時、作家別に番号が振られたが、その一番になったのは川端で、つまり『雪国』は新潮文庫の最初の一冊扱いだったのである。荷風の『濹東綺譚』も、同じような、下層の遊廓の女への「情感」を共有する人がいて、名作扱いされたのである。

十月二十二日に、湯沢乾繭場《かんけんじょう》劇場旭座というところで映画を上映していたら、映画フィルムが熱のため発火したかして繭場が火事になった。川端は翌日、改造社の編集者・水島治男宛ての手紙でこう書いている。

「（白い朝の鏡の続きを書いている）その必要上、白い朝の鏡を初めて読み返してみましたが、あれはやはりザツでいけません。どうして好評であつたのか。本にする時は書き直す外ありません。まさに汗顔の（ママ）ものです。この小説は『雪国』と題し、来年二月、もう一度ここに来て、最後を書きます。雪に埋れた活動小屋の火事で幕を閉ぢやうかと、昨夜火事（繭の乾燥場に活動写真あつて焼けました。）を見て思ひつきました。」

この時点でそこまで決まっていたのだが、実は最初に『雪国』が単行本で出た時は、雪中火事の部分はまだなかった。なお火事の時実際に雪は降っていなかった。

モデルのいない登場人物「葉子」

『雪国』にはもう一人、葉子という娘が出て来るが、こちらは架空の人物である。のち劇化された時、脚本の寺崎浩と主演の花柳章太郎が越後湯沢まで松栄に会いに行ったといい、川端は、幻滅するからやめろと言ったという。もっとも幻滅するほどではない。葉子のモデルにも会ったとかいうので、誰に会ったんだろうと川端は言っているが、モデルは当時の川端が本当に好きだった梅園龍子ではないかとも言われている。

葉子は、島村が湯沢へ向かう汽車の中で、病気（肺結核）の青年を介抱しており、葉子は手前の信号所で、「駅長さあん、駅長さあん」と「悲しいほど美しい声」で叫ぶ。「徒労」には、こうある。

> 故郷とはいへ、彼はここで生れたのではない。ここは母の村なのである。母は港町で藝者を勤め上げた後も、踊の師匠としてそこに止つてゐたが、まだ五十前で中風をわづらひ、療養かたがたこの温泉へ帰つて来た。息子は小さい時から機械が好きで、

せつかく時計屋に入〔つ〕てゐたから、港町に残して置いたところ、間もなく東京に出て、夜学に通つてゐたらしい。体の無理が重なつたのだらう。息子は今年二十六である。

それだけを駒子は一気に話したけれども、息子を連れて帰つた娘がなにものであるか、どうしても駒《（ママ）》子がこの家にゐるのかといふやうなことには、やはり一言も触れなかつた。

そこへ葉子がやってきて、駒子に話しかけるところで、川端はまた「悲しいほど美しい声であつた」とやっており、あとの方でももう一度この表現が出て来るから、戦後『群像』の編集長を務めた大久保房男は、その文章の下手さが編集者の間で話題になったと言っている。川端には言葉を繰り返して使う悪癖があり、『山の音』の「やさしい」や、『眠れる美女』なども、同じ言葉が繰り返して出て来る箇所があり、文章がうまいとは言えず、それが評価を下げている。

そのあと島村は盲目の女按摩から、青年が駒子のいいなずけで、青年が病気になったために駒子が藝者に出た、と言われ、島村は、葉子が青年の新しい恋人だろうかと考える。

あとで駒子に聞くと、駒子と青年はその港町で育った幼馴染《おさななじみ》で、お師匠さんが二人を一緒にさせようと思っていたことがあるらしい、と言う。

高半旅館に滞在しないと書けない川端

十月二十六日に、川端はこれまでの慰労のため、秀子を呼び寄せて群馬県の温泉めぐりをし、二十九日に帰京した。十二月に、作家仲間の林房雄が鎌倉へ転居し、宅地の出物があるから越してこいと誘われ、鎌倉へ転居し、以後終生鎌倉に住むことになる。秀子も、さすがに松栄に会うことはなかっただろうが、湯沢へ行くのは少しは嫌な気分だっただろう。

昭和十一年（一九三六）二月発売の『文學界』に、北条民雄の「いのちの初夜」が載った。『文學界』は、川端が小林秀雄らと出した同人誌で、のち文藝春秋社の刊行になり、今日に至っている。このころ、岡本かの子も、川端に依頼して小説家としてデビューしようとしていた。かの子は漫画家として知られた岡本一平の妻であり、谷崎潤一郎の親友で若くして死んだ大貫晶川《おおぬきしょうせん》の妹で、それまで歌人・仏教研究家として活動はしていた。芥川龍之介を描いた小説「鶴は病みき」を書いて谷崎に持ち込んだが断られたので川端を頼ったのである。

七月四日に、川端は五回目の高半旅館滞在に入るが、翌日になって『雪国』創作ノートを忘れて来たことに気づき、秀子に電報を打って持ってきてもらった。秀子は一晩泊まって帰ったらしいが、松栄には会っていないだろう。

この時書いたのが「萱の花」（『中央公論』八月号）と「火の枕」（『文藝春秋』十月号）で、だいたい高半滞在ごとに二編書いて、題名も似た感じになる。「萱の花」は、

> 国境の山を北から登つて、長いトンネルを通り抜けてみると、冬の午後の薄光りはその地中の間へ吸ひ取られてしまつたかのやうに、また古ぼけた汽車は明るい殻をトンネルを《（ママ）》脱ぎ落して来たかのやうに、もう峰と峰との重なりの間から暮色の立ちはじめる山峡を下つて行くのだつた。こちら側にはまだ雪がなかつた。

と、北から南へ汽車でトンネルを抜けた時のことを描写するところから始まっている。

ここでは、病気だった青年が行男と名づけられており、それが死んだことが伝えられる。

島村は、二月十四日の祭りに湯沢へまた来ると駒子に言っていて、実際には十月はじめに

三度目に来たとなっている。駒子は怒って、

「あんた、なんしに来た。こんなとこへなんしに来た。」

「君に会ひに来た。」

「心にもないこと、東京の人は嘘つきだから嫌ひ。」

と言葉争いをするが、これは「夕景色の鏡」で描かれたあと、秋に訪れた時の会話で、実際には小説に書かれたことを松栄が詰る会話があったのだろう。さらに、長唄のお師匠さんが死んで港町へ帰っていたという会話から、

「港へ帰つたんなら、さうと手紙をよこせばいいぢやないか。」

「いやよ。そんなみじめな、いやよ。奥さんに見られてもいいやうな手紙なんか書かないわ。みじめだわ。気兼ねして嘘つくことないわ。」と、駒子は早口に叩きつけるやうな激しさだつた。

島村はうなづいて、

「それはさうだ。」

これも実際にあった会話なのだろう。松栄も、川端の住所は知っていても、秀子に見られるかもしれないから手紙は出せないのだ。こういう小説を書くのに秀子にノートを持ってこさせている。

「萱の花」には、二月十四日の鳥追い祭りのことが詳しく書いてあるが、これは鈴木牧之《ぼくし》の『北越雪譜《ほくえつせっぷ》』が岩波文庫に入った（昭和十一年一月）のを買って、それを参考にして書いたものだ。牧之は徳川時代越後塩沢の裕福な商人で、雪国の生活のありさまを随筆風に描いて、江戸の曲亭馬琴に送り、刊行の斡旋を頼んでいた。だが牧之の原稿が分量も少なく、読物とするだけの性質がなかったため馬琴が長く放置し、馬琴の師匠格に当たるが早く死んだ山東京伝《さんとうきょうでん》の弟の山東京山《きょうざん》が引き受けて刊行したのだが、半分くらいは京山が読物としてふくらませたもので、実質上、牧之と京山の共著である。

「火の枕」は、割と長いが、特に新しいことが書いてあるわけではない、むしろ退屈な一編である。死んだ青年——行男の墓参りをしようと島村が言い、駒子が行かないと言ったり、葉子がちょっと姿を見せたりする。葉子の弟が佐一郎という名前であることが分かる。

「ねえ、あんた素直な人ね。なにか悲しいんでせう。」

と駒子は言うが、この前半は、「伊豆の踊子」の「いい人ね」が遠くこだましているようだ。

あるいは島村の仕事について、

　ヴアレリイやアラン、それからまた、ロシア舞踊（バレエ）の花やかだつた頃の、フランス文人達の舞踊論を、島村は翻訳してゐるのだつた。少部数の贅沢本として、自費出版するつもりである。今の日本の舞踊界に、なんの役にも立ちさうでない本であることが、反つて彼を安心させると云へば云へる。自分の仕事によつて、自分を冷笑することは、甘つたれた楽しみなのだらう。そんなところから、彼の哀れな夢幻の世界が生れるのかもしれぬ。

　架空の存在への冷評だが、この年、アランの『精神と情熱とに関する八十一章』を小林秀雄が訳しているから、少し小林への揶揄《やゆ》の感じもあったろう。

その後、『雪国』は何度も書き足され……

七月十四日に、川端は帰宅した。そして、越後湯沢へ来るのはこれが最後になり、川端は軽井沢に別荘を買って、堀辰雄らと軽井沢で交友しながら原稿を書いた。昭和十二年五月号の『改造』に「手毬歌」を載せ、六月には『雪国』を大阪の出版社・創元社から刊行した。当初予定していた火事の場面はこの時は書かれず、のちにつけ足されることになる。火事の場面は完全にフィクションになるから、うまく構成できなかったのかもしれない。「雪国」のほか「父母」「これを見し時」「夕映少女」「イタリアの歌」がつき、小冊子『名作『雪国』に対する諸家の批評』がついた。この時の「雪国」の末尾は、

　薄く雪をつけた杉林はその杉の一つ一つがくつきりと目立つて、鋭く天を指しながら地の雪に立つた。

であり、火事も天の河も出てこない。そしてこの『雪国』で川端は文藝懇話会賞を受賞する。

それから三年たった昭和十五年（一九四〇）、すでにヨーロッパでは戦争が始まって、フランスはたちまちドイツに敗れて占領下にあった十二月号『公論』（第一公論社）に「雪中火事」を載せた。だがこれは、『北越雪譜』を参考にしたような雪国の風俗描写に続いて、島村と駒子のいつもの喧嘩腰の会話があり、そこへ「火事だ」という声があり、行ってみると、

「天の川。きれいねえ。」と、駒子はつぶやきながら、また走り出した。
島村は空を見上げたまま立つてゐた。

というところで、ぷつりと途切れている。ここまでで時間切れになったようでもある。突然『雪国』の続きを書いた理由は、前後の書簡などからは知ることができない。さらに翌昭和十六年八月号『文藝春秋』に「天の河―雪国のつづき―」が発表された。このあたりからひどいことになっていく、というのは、別の稿で前の稿に書いたことを繰り返すようになるからで、「天の河」は「雪中火事」の最後の部分を繰り返して、また島村と駒子の口説《くぜつ》になって、

「ねえ、あんた私をいい女だつて言つたわね。行つちやふ人がなぜそんなこと言つて、教へとくの？　馬鹿。」

などと言う。「教えとく」は、また例によって「名器」のことだろう。その後は、火事の話と天の河の話がまたとりとめなく続いて、また唐突に終わる。さらに敗戦を迎えたあとの昭和二十一年（一九四六）五月刊行の『暁鐘《ぎょうしょう》』という雑誌の創刊号に「雪国抄」が載っている。これは川端の弟子の野上彰という作家が仲間と創刊した総合雑誌で、版元は暁社だが、三号で廃刊になった。野上が依頼した原稿だが、十枚余りで、締め切りぎりぎりとなったというが、雪国の風俗を描き、島村と駒子の関係を描写して、またしても火事の場面になり、今度は天の河は出てこず、駒子がこわがるのを島村が抱くところで唐突に終わっている。なお一九七二年、川端の没後に発見されて『サンデー毎日』に載せられた『雪国抄』はこれとは別の書き換えである。末尾には、作者の断り書きとして「十年前の旧作『雪国』は終章を未完のまま刊行し、折節気にかかつてゐたが、ここにとにかく稿を続けてみることにした。既稿の分も改稿して発表し得たのは本誌編集者の雅量《がりょう》による。作者」とあるのだが、実際には六年前に火事の部分は書き始めて、今もそこをうろうろしているのが現状なのである。もちろん、実際に続けて読んでいる読者などめったにいはしないのだが——。

さらに昭和二十二年（一九四七）十月、『小説新潮』の創刊第二号に「続雪国」が載っているが、これも、「雪中火事」以来の旧稿を鋏《はさみ》と糊《のり》で切り貼りしたみたいな前半部で、後半になってようやく火事の様子の新しい描写に入り、火事になった繭倉から女の体が落下してきて、それが葉子だということが分かり、駒子が、

　「この子、気がちがふわ、気がちがふわ。」

　さう言ふ声が物狂はしい駒子に島村は近づかうとして、葉子を駒子から抱き取らうとする男達に押されてよろめいた。

　さあつと音を立てて天の河が島村のなかへ流れて来た。

これでようやく『雪国』は終わったのである。昭和十五年に再度起筆して以来、発表原稿で何度も何度も火事の場面を描いて七年かけてここへたどりついたわけである。

だが、葉子が火事の出た繭倉の二階から落ちて来て、駒子が「この子、気がちがうわ」

と言っても、何も「終わりの感覚」はない。『雪国』は、オープン・エンディングの作品として扱われることがある。

川端が、ここまでを入れて『雪国　決定版』を出したのは昭和二十三年（一九四八）十二月である。新潮文庫で『雪国』が出たのは昭和二十二年七月なので、これは旧版で、のちに新版と差し替えられたことになる。差し替えは一九五〇年で、国会図書館所蔵の『雪国』新潮文庫は一九五〇年のもので、旧版の新潮文庫版は入っていない。

ロマン・ロラン『魅せられたる魂』との符合

この「気がちがふわ」については、三年前に、私はその出典に気づいた。

ロマン・ロランの『魅せられたる魂』は、ラウール・リヴィエールという五十を前にして死んだ建築家の、母親の違う二人の娘、アンネットとシルヴィを主人公にし、その数奇な人生を描いたものである。その最初のほうに、

アンネットは気づいてみるとなるほど夜会服しか着ていなかった。そしてぞっと寒気がして身をふるわした。

「あんたは気がちがったのね！　気がちがったのね！」
と叫んでシルヴィは自分の肩掛で姉をつつみ、（宮本正清訳）

『魅せられたる魂』は、今日まで宮本訳しかないが、岩波文庫で宮本訳の第一冊が出たのは昭和十五年十月だから、おそらく川端はこれを読んで借用したのだろう。

川端がロマン・ロランに触れたのは、大正九年三月十一日の日記に「英訳ジャンクリストフ」とあり、豊島与志雄《よしお》とは知り合いなのでその翻訳も読んでいる。『魅せられたる魂』もある程度は確かに読み、影響されている。戦後の『虹いくたび』は、昭和二十五年（一九五〇）から『婦人生活』に連載されたものだが、建築家の水原常男《みずはらつねお》の母親の違う三人の娘を描いている。長女の百子《ももこ》の母は自殺し、百子は水原に引き取られ、水原の妻の生んだのが次女の麻子で、ほかに二人の娘がまだ会ったことのない、京都の藝者が生んだ若子という三女がいる。

『魅せられたる魂』のアンネットは既成の社会に反逆する娘で、ロジェ・ブリソーという好男子と交際するが、結婚は拒否し、生まれた男児マルクを一人で育てる。『虹いくたび』の百子は戦争で恋人を失い、その心の痛手から年下の美少年を愛するが、妊娠してしまう。そのことを少年に告げると、「うそだ。うそ言ってら、子供だなんて、僕が子供じゃないか」と言って逃げてしまい、百子は妊娠中絶する。

リヴィエールという姓が「川」を意味することははっきり表明されているし、建築家という父の職業など、『虹いくたび』は『魅せられたる魂』に触発されていると言うことができるだろう。なお『魅せられたる魂』は昭和二十八年（一九五三）に日本で映画化されている（東映、春原政久監督、木暮実千代、津島恵子）。木暮は同年、川端原作の『千羽鶴』に太田夫人の役で出演している。川端の没後『伊豆の踊子』に主演した山口百恵は、『魅せられたる魂』を元にドラマ化した『人はそれをスキャンダルという』（一九七八―七九）に主演している。

駒子と葉子の二人の女と、島村という外界からまれびと＝まろうどのようにやってくる男という構図は、泉鏡花の『日本橋』を模しているようでもあるが、川端は筋に困ると第二の男、第二の女を出してくる癖があったから、何とも言えない。

名作の岐路に立たされる『雪国』

『雪国』最初の部分が登場してから、八十七年の月日が流れ、『雪国』は、英訳され、川端がノーベル賞をとり、日本文学の名作の代表として遇されてきた。映画化は日本では二度、韓国でも映画化されたことがあり、花柳章太郎が劇化して以来、ブルジョワ婦人を主な観客とする演劇として何度も上演されてきた。台本は東宝の菊田一夫のものがあり、ついで宮本研の「新・雪国」に変わった。駒子と島村は、淡島千景《あわしまちかげ》と中村扇雀《せんじゃく》（のち坂田藤十郎）、若尾文子《あやこ》と二代目中村吉右衛門《きちえもん》、光本幸子《みつもとさちこ》と菅原謙二・安井昌二、松坂慶子と片岡孝夫（現仁左衛門《にざえもん》）、三田佳子、小野寺昭あるいは近藤正臣のコンビ、十《と》朱幸代《あけゆきよ》、竹脇《たけわき》無我《むが》、大月みやこ、山口崇などが演じた。

　松栄の小高キクは、結婚して平穏な人生を送り、川端の死の際などに女性週刊誌に登場したりしたが、一九九九年一月三十一日、満八十三歳で死去した。

　パロディも多く、笹倉明の『新・雪国』、村松友視《ともみ》の『雪国あそび』、樋口毅宏の『民宿雪国』などという珍物もあった。

　だが、果たしてこれが本当に名作なのかという疑問は常にわだかまっていた。川端自身、奥野健男に、『雪国』の人物は亡霊のようなものだと言ったという。九〇年代に、柄谷行人・浅田彰が責任編集する雑誌『批評空間』の共同討議という座談会で、柄谷は先に触れた、鏡の比喩を用いての批判を行い、当時柄谷の名声が高かったため、日本文学雑誌が慌てて、『雪国』は日本文学研究者の間で評価が高い、などと、反論にもならない反論をしていたが、そもそも柄谷の議論自体さしたる根底を持っていなかった。

山本健吉は、駒子と葉子がシテとツレで、島村はそれを眺めるワキ（旅の僧）だと言ったし、駒子が動物で葉子が植物だと言った人もいたが、それで作品が分かるようになるとも思えない。

小林秀雄が、川端を天才と称して、小説なんか書いちゃいない、と言ったことも、人々には暗黙に、『雪国』のことだと思わせた。二〇〇二年には、川端を専門とする田村充正が『「雪国」は小説なのか　比較文学試論』を中央公論事業出版から自費出版して、『雪国』は小説ではなく散文藝術作品だと言うにいたった。

しかし、小説であれ散文藝術作品であれ、これは「温泉藝者」との交情に対して「ああ」と感じる感覚がないと分からないものであり、永井荷風の『濹東綺譚』や『腕くらべ』といったものと同種の文学作品なのである。もちろん戦後、藝者遊びをするとか藝者とセックスするとか愛人にするとかいう男はどんどん減っていった。江藤淳は藝者の愛人がいたというが、もはや稀少種であろうし、世間的にも川端の当時のようには認められないだろう。

つまり『雪国』は、今や名作の地位を転げおちようとしているのだ。舞台上演も、小さいものは知らず、大きいところでは、二〇〇三年に名鉄ホールで若尾文子と松村雄基で演じられたのが最後ではないだろうか。

『すばる』の二〇二一年一月号に、島田雅彦・田中慎弥・谷崎由依の鼎談「『雪国』はなぜ読み継がれているのか？」というのが載っているが、私からするとそう言うほどに読み継がれているとは思えないし、今後はますます危ういと思う。

しかし、一万年後には、ホメロスもシェイクスピアも、かつて名作と呼ばれた作品の中に入れられているかもしれない。それに対して、『雪国』は、あと百年もつかどうか疑わしいというところだ。

人間・人類が進歩するものである限り、田舎へ行って温泉で藝者をあげる、などということは、古代的な事象と見なされるようになるのも仕方がない。

第二章　『伊豆の踊子』と二度現れる少年

惹かれてしまうものの深層

『伊豆の踊子』……はじめ「湯ヶ島の思ひ出」として「少年」と併せて二十四歳の頃に書いたもの。のち『文藝時代』に二回に分けて発表した。伊豆へ一人旅に出た学生の「私」が、旅藝人の一行と出会い、無垢な踊子に淡い恋心を抱きながら旅路を共にする物語。別れの日、東京へ戻る船の中で涙を流し続ける「私」を静かに見守ってくれたのは見知らぬ少年だった。

川端二十歳の年の実体験

純文学と通俗小説の違いは何か、と言われると、私はいつも、「伊豆の踊子」はどうだ、と言われたらどうしようとひやひやする。もっとも相手は、『源氏物語』はどうだ、とかシェイクスピアはどうだ、とか言ってきて、「伊豆の踊子」とは言わない。

先に触れた通り、何度も映画化されていた「伊豆の踊子」は、筒井康隆における『時をかける少女』のように、広く読まれ、人によっては代表作扱いする作になってしまい、中年以後の川端は、『伊豆の踊子』の作者」という、題名に苦笑をこめた長編随筆を書いている。

「伊豆の踊子」は、川端二十歳の年の実体験をほぼそのまま書いたものである。その後ろに「少年」に当たるものがついて「湯《ゆ》ヶ《が》島《しま》の思ひ出」として大正十一年（一九二二）に伊豆湯ヶ島の湯本館で書いたのを、『文藝時代』創刊のあとで出してきて発表したのである。

体験したことを書いたのだから私小説で、だから純文学であり、しかもその筋立ては広く感動を引き起こす青春小説で、通俗小説的である。川端の盟友・横光利一は「純粋小説論」で、純文学にして大衆文学というのを目ざしたが、実はすでに川端がそれを「伊豆の踊子」で実現してしまっていたのである。

そのまま書けば優れた小説になるような体験をするということも才能のうちだ、ということを、「伊豆の踊子」ほど雄弁に物語る例はほかにあまりあるまい。

私は高校三年の一学期、『伊豆の踊子・十六歳の日記』という講談社文庫を買って来た。なぜ講談社文庫かというと、年譜がついていたからで、当時私は年譜を求めて、率先して旺文社や講談社の文庫を買っていたのだ。

「十六歳の日記」は教科書に載っていて、教科書で読んでもさして感銘は受けなかった。

「伊豆の踊子」の筋も、山口百恵の映画もあったりしたのを観てはいなかったがだいたい知っていて、甘い小説だろうと思っていた。

だが、この短編集には、ほかに「篝火《かがりび》」「父母への手紙」が入っていて、私はそのことごとくに深い感銘を受けてしまったのである。

私はその頃、東京の二流進学校である男子校のすさんだ空気が嫌で、二年生のころは、ＮＨＫの人形劇「プリンプリン物語」、日曜の夜に放送されていた高畑勲演出の「赤毛のアン」、夕方再放送している「キャンディ♡キャンディ」に熱中していたのだが、これがみな、孤児少女の物語であった。

小説と孤児の関係については、精神分析的な方面から、いろいろ言われている。のちに読んだマルト・ロベールの『起源の小説と小説の起源』では、小説というのは韻文を中心とする文藝の中では孤児的存在なので、ルソーという孤児同然の男の書いた『告白』から始まる小説というジャンルが孤児を扱うのであるという、怪しげなことが言われていた。

しかしこれは、やっぱり文藝評論的手品でしかない。孤児物語というのは、十八世紀にフィールディングが『トム・ジョーンズ』や『ジョゼフ・アンドルーズ』で始めて、十九世紀にはディケンズの『デヴィッド・コパフィールド』や『オリヴァー・トウィスト』、サッカレーの『バリー・リンドン』などの英国小説で盛んに使われた手で、『批評空間』の共同討議でも、孤児は最強だから川端は強いんだなどと揶揄《やゆ》的に言われていたが、事実としては、孤児は自由に冒険をさせやすいからはやったというだけのことで、川端が孤児であることは偶然的な意味しかないし、精神分析はペテンである。

無垢で健やかな下層の踊子「薫」

川端がこの伊豆旅行の体験をしたのは、大正七年（一九一八）のことで、当時第一高等学校の二年生だった。戦前の高等学校は、現在の高校に当たる中学校を出てから入試をへて入るもので、だいたい今の大学教養課程に当たるが、十八歳から二十一歳くらいまで三年間在籍し、さらに上の大学へ進むことになる。川端は茨木中学校から、難関を突破して第一高等学校に入ったのである。第一高等学校（一高）は、当時は本郷の今の東大農学部にあり、昭和初年に駒場へ移り、戦後はこれが東大教養学部になった。谷崎潤一郎などはかなりの秀才で同じく一高から東大へ行ったが、川端はそれほどの秀才ではなく、一高合格は親戚中の誉れだった。

第二高等学校は仙台で、東北帝大につながり、第三高等学校は京都、第四は金沢、第五は熊本、第六は岡山、第七高等学校造士館は鹿児島、第八は名古屋となっている。川端は第三と鹿児島も受けたと書いているが、鹿児島など本当に行ったのか、行かなくても受けられたのか、疑問である。

当時ヨーロッパでは第一次世界大戦が終結しつつあったが、九月から一高の二学年が始まった。ところが十月三十日に、川端は突如寄宿舎を、誰にも言わずに飛び出し、伊豆への旅に出てしまったのである。

川端の八つ年下の井上靖は、この大正七年、数え十二歳で、『しろばんば』の「おぬい婆ちゃ」とともに湯ヶ島に住んでおり、湯ヶ島を旅している。川端と井上という二人の文豪が伊豆半島ですれ違っていたのである。

川端の突然の出奔の理由は不明とされ、当人も何も言っていないのだが、実はこの十月、世界的なスペイン風邪の流行の第一波が日本に達し、死者を出していた。十一月五日には島村抱月がスペイン風邪のために死んでいたのである。おそらく川端は、寮という、若者が密集している場所にいることに恐怖を感じて逃げ出したのではあるまいか。

東京駅から東海道線に乗るが、当時は丹那《たんな》トンネル開通前で、現在下土狩《しもとがり》駅となっている駅が三島駅で、ここで川端は駿豆《すんず》鉄道に乗り換え、終点の大仁《おおひと》駅からは歩いて修善寺《しゅぜんじ》まで行き、そこで宿をとった。翌三十一日の午後発って湯ヶ島温泉に一泊し、十一月一日は一日湯ヶ島温泉に滞在した。翌二日、天城峠《あまぎとうげ》を歩いていて、旅藝人の岡本文太夫（本名・松沢要）の一行と道連れになった。その時いた、十代前半かと思われる踊子が加藤タミである。作中では「薫」という名がつけられているが、これは兄の名前だったらしい。

なお川端は、弟子の澤野久雄によると、

「モデルなんてものは、たとえ人がなんと言おうと、少しも気にしないでいいですよ。」

と言い、

「まして、家族の者になんか、ひとことだって文句を言わせる必要はありません。私の〝伊豆の踊子〟にしても、あの作品のおかげで、私の一家の者がどれだけ飯が食えたか、それを考えれば家じゅうの者は、あの踊子に感謝しなければならないでしょう。」

と言っていたという（澤野久雄「川端康成と女性」『新潮　川端康成読本』一九七二年六月臨時増刊）。

冒頭部から引用すると、

　道がつづら折りになつて、いよいよ天城峠に近づいたと思ふ頃、雨脚が杉の密林を白く染めながら、すさまじい早さで麓から私を追つて来た。

私は二十歳、高等学校の制帽をかぶり、紺飛白の着物に袴をはき、学生カバンを肩にかけてゐた。一人伊豆の旅に出てから四日目のことだつた。

最初の二行はさすがに天才の出だしである。実に鮮やかで、純文学となると冒頭に長々とした風景描写を持ってくる作家がいるが、これくらいきちっとまとめてほしい。――まあ、それができるから川端なのだが。

結局この「私」がなぜ旅に出たのかは語られていないし、度重なる映画化でもそこはおおむね曖昧なままだ。最後は学生は下田から船に乗って東京へ帰るのだから、単なる旅としか言いようはない。

のちに松本清張がこの旅程を模倣し、パロディとして「天城越え」を書き、さらに石川さゆりがその題名を借りた歌をヒットさせて、紅白歌合戦では「津軽海峡冬景色」か「天城越え」を歌うことになっている。その発端は川端康成の、突然の伊豆の旅だったわけだが、だいたい伊豆半島を北から南へ歩くというのは、目的が不明である。

旅藝人なら、旅稼ぎのための旅だから、どこであろうと人出があれば出向いていくし、湯ヶ島には遊郭があり、下田は繁華な町だからおかしくはない。「天城越え」の娼婦もそうであろうが、石川さゆりのは、駆け落ちであろうか。

「私は一つの期待に胸をときめかして道を急いでゐるのだつた」とあり、何かと思うと、「やうやく峠の北口の茶屋に辿りついてほつとすると同時に、私はその入口で立ちすくんでしまつた。余りに期待がみごとに的中したからである。そこで旅藝人の一行が休んでゐたのだ」というわけで、学生は旅藝人一行を見かけた時から、道連れになりたいと思っており、それは主として踊子が目当てだったということになる。

　だがそれからあと、学生が、踊子がもう売春などして身を汚しているのではないかと煩悶し、湯舟に入っていた踊子が全裸で飛び出してきて手を振るのを見て、まだ子供なんだと安心する段と、旅藝人たちが「いい人ね。」「いい人はいいね。」と自分のことを話しているのを漏れ聞いて、孤児根性で歪んでいると思っていた自分がそう言われたことに慰謝を受けるという、学生の内心でのみ起きているドラマを除けば、この話には筋らしい筋はない。そのため、映画化の際には苦しんで、中には込み入った筋をこしらえて台無しにしてしまったのもあった。

　しかしその映画化も、一九七四年の山口百恵版を最後に作られなくなり、テレビドラマはその後二度作られたが、九三年の木村拓哉と早勢美里のものが最後になっており、こちらも時代遅れになりつつあるのかもしれない。

孤児根性の自覚と優越感

「孤児根性で歪んでいる」「いい人」というのは、しかし、あるよじれを含んでいる。のちのことだが、川端は、孤児であるため人と争うことができなくなった、と言っており、実際そうであった。最初の著『感情装飾』の刊行記念会には、太宰治の兄・津島圭治を含めて多くの人が集まったし、『文藝時代』を創刊する時、三十何人という同人が、みな川端の知り合いだったというほど、川端は社交的な人物だった。これは孤児だからというより、大阪の商人や政治家を親戚に持つ血のゆえもあっただろう。

十七年も日本ペンクラブの会長を務めたというのも、その政治力と、人脈力を示しているし、高見順などその日記で、どうやら本気で川端を尊敬し、いい人だと思っている。とすると「孤児」なのに「いい人」と言われて慰めを感じて泣いたというのは話が逆で、孤児だから人当たりよく生きて来たというのが真実だということになる。

川端は昭和初年に文藝時評もやっており、その多くは講談社文芸文庫の『文芸時評』に収められている。当初はかなり手厳しい批評もしていたのだが、昭和九年ごろから、他人の作品を批判することはしなくなった。さらに、「仲間褒め」こそが信用できる、とわりあい唐突に意味不明なことを言いだしており、のち川端が死んだ時、平野謙がそれを持ち出して、川端の党派性を批判したこともあった。

　本当に悪い人は、仲間には「いい人」として振舞うもので、田中角栄も竹下登も、仲間うちにとってはものすごく「いい人」だったろう。川端は旅藝人に対して分け隔てなくつきあっているけれど、それは川端が学生で、自由な旅人な上、一高生ということで旅藝人たちもそれなりに尊重してくれたからだ。

　しかし、こういう「いじわる読み」をしたくなる性質が「伊豆の踊子」にはある。

BL的とも指摘されたラストシーンだが

　奇怪なことが起こるのは最後の部分である。下田の港で、旅藝人一行と別れて、学生は東京行きの船に乗るが、そこへ、「土方風の男」が近づいてきて、同船する婆さんの面倒を見てやってくれ、と言う。婆さんの息子と嫁が今度の流行性感冒（スペイン風邪）で死んでしまい、婆さんが三人の孫と一緒に郷里へ帰るので、面倒を見て、上野駅へ行く電車に乗せてやってくれと言う。

引き受けて船に乗ると、踊子と別れた感傷で涙がポロポロ流れ、船が激しく揺れた。

　私の横に少年が寝てゐた。河津の工場主の息子で入学準備に東京へ行くのだつたから、一高の制帽をかぶつてゐる私に好意を感じたらしかつた。少し話してから彼は言つた。

「何か御不幸でもおありになつたのですか。」

「いいえ、今人に別れて来たんです。」

　私は非常に素直に言つた。泣いてゐるのを見られても平気だつた。私は何も考へてゐなかつた。ただ清々しい満足の中に静かに眠つてゐるやうだつた。

（略）少年が竹の皮包を開いてくれた。私はそれが人の物であることを忘れたかのやうに海苔巻のすしなぞを食つた。そして少年の学生マントの中にもぐり込んだ。私はどんなに親切にされても、それを大変自然に受け入れられるやうな美しい空虚な気持だつた。

> （略）真暗ななかで少年の体温に温まりながら、私は涙を出委せにしてゐた。頭が澄んだ水になつてしまつてゐて、それがぽろぽろ零れ、その後には何も残らないやうな甘い快さだつた。

これが「伊豆の踊子」の結末である。

斎藤美奈子は『名作うしろ読み』で、この最後の場面が同性愛的だ、ＢＬだと書いている。

だが、伊藤初代事件を題材にした「非常」を見てみたい。「非常があるのです」という手紙をもらった主人公は、岐阜へ行くため東京駅で汽車に乗る。ここでは初代は「みち子」という名になっている。

> 向ひ合つて坐つた学生が私に話しかけた。高等学校の入学試験の準備を東京でして四国に帰るのだ。だから、棚の上にある大学の帽子を見て、私を尊敬したらしい。
>
> （略）

私はみち子の手紙をもう一度読んだ。それを袂に入れる時、懐の財布がばさりと落ちた。私は動く気がしなかつた。学生が拾つてくれた。私はぼんやり受け取つた。マントの裾が開いて列車の床に落ちた。学生がそれを持ち上げて私を包んでくれた。さうしてくれるのがあたりまへだといふやうな甘つたれた気持が、私に湧いて来た。それから学生は何度も私のマントの袖を拾つてくれた。私は礼も言はなかつた。この学生に私は私を委してあるんだといふやうな、すつかり頼つた気持だつた。他人の好意にはなんの反応も見せなくても安らかでゐられるほどに、私は弱つてゐるのであつた。

この学生は私のために、寝ずの番をしてくれるのだ。さう思つてゐるかのやうな調子で私は言つた。

「僕は岐阜で下りるんですから、若し眠つてゐたら起して下さい。」

この類似を指摘したのは、細川皓（川嶋至《かわしまいたる》）の「川端康成論―『伊豆の踊子』を手がかりに」で『群像』一九六七年九月号に載った。ノーベル賞受賞の前年で、川端自身がこの指摘にショックを受けたということを『風景』に連載していた随筆「一草一花《いっそういっか》」に書いている。

　これは「群像新人賞」の評論部門に応募し、受賞はしなかったのだが、伊藤整が川端について重要な指摘があるというので掲載することになった。

　余談になるが、この川嶋至（一九三五－二〇〇一）は、北海道出身、北大博士課程中退で、川端の熱心な研究者であり、この論文によって伊藤初代の存在が知られ、川端が初代の影を引きずっていることを指摘し、六九年には『川端康成の世界』を上梓しているのだが、のち川端没後の一九七五年、川端の弟子をもって任ずる耕治人《こうはると》が、川端に土地をだまし取られたという小説を書いた際、名前は出さなかったのだが、平野謙が『群像』の創作合評で、これは川端だと言い（ただし同席の藤枝静男に頼んで藤枝の発言とした）立原《たちはら》正秋《まさあき》が平野に怒るということがあったが、翌年三月号『文學界』に川嶋が「誰でも知っていること」と題して川端が耕を騙したと書いた。だが武田勝彦が「誰も知らなかったこと―川端康成氏の冤罪を濯《そそ》ぐ」を同誌五月号に書いて反駁《はんばく》し、これでほぼ川嶋は文壇からいなくなる。川嶋と川端家の関係がどこかでおかしくなったのだろうが、川嶋はこれより前の一九七四年ころ、『季刊藝術』で私小説と事実の関係を描いた「事実は復讐する」を連載して、当時勢力のあった安岡章太郎を批判した。これは江藤淳の使嗾《しそう》によるものだとされ（島弘之）、川嶋は江藤の世話で東京工業大学の助教授になりのち教授となったが、ほぼ筆を折った形で死去した。その際東工大の同僚だった井口時男が、安岡を批判したために文壇からパージされた、と書いたのだが、実際には川端批判への武田への反論でいなくなったのである。

「伊豆の踊子」と「非常」の、この異様な類似について、異様なのは川端自身が全然気づいていなかったことで、だからこそショックを受けたのである。まず「踊子」のほうの少年は、蔵前の東京高等工業学校受験のために東京へ行く後藤孟という人だったことが分かっている。今の東京工業大学の前身である。船の中でのことは書いた通り、と自分で書いている。

岐阜へ駆けつけたのは、大正十年（一九二一）十一月九日のことだが、この時学生がいたかどうかは分からない。川端自身は、川嶋の指摘に対し、「「湯ケ島での思ひ出」は大正十一年に書き、「非常」は大正十三年に書き、「伊豆の踊子」は大正十五年に書いた。「非常」の時、私は「思ひ出」に受験生の好意を書いたのは思ひ浮ばなかつたし、「伊豆の踊子」の時、「非常」に受験生の好意を書いたのは忘れてゐた。」と書いている。「私はこれほどおどろいた批評もめづらしいが、それよりもさらに、これは二つとも事実あつた通りなので、いはば人生の「非常」の時に、二度、偶然の乗合客の受験生が、私をいたはつてくれたのは、いつたいどういふことなのだらうか、と私は考へさせられるのである。ふしぎである。」

最も恐ろしいのは、どちらも事実だということで、川端の天才は、そのまま書けば名作になるような体験をさせたのみでなく、このような偶然を呼び寄せるのである。人は時に偶然をシンクロニシティとかオカルトにするが、偶然はホラーなのである。そして、作者自身を愕然とさせるような批評を、人は生涯に一度くらいしか書けないものである。川嶋はデビュー作でその特権を使ってしまった。これも恐ろしい。

第三章 『父母への手紙』と川端の姉

親族の女性たちへの視線

『父母への手紙』……一九三二年一月、若い女性向けの文藝誌『若草』での掲載を皮切りに、各誌で続きが連載された短編をまとめた自伝的小説。亡き父母への手紙の形をとりながら、川端が孤児で育った境遇や、くり返し他の作品でも描いてきた「ちよ」との悲恋、姉・芳子のことなどが語られる。

姉、親、祖父母を次々亡くした川端

川端には、芳子という姉がいたが、川端が子供の頃に死んでしまったことになっている。だが私は、これは実の姉ではなく、祖父の三八郎が、岸部称随《しょうずい》という尼僧《にそう》になった妾《めかけ》との間に儲けた子だろうと考えている。そのことは『川端康成伝』に書いたのだが、なぜか非難する人がいるので、再度その部分を抜き出しておく。

川端の父栄吉は、川端三八郎の次男として生まれた。兄の恒太郎は母が違ったが、のちに康成の母となる黒田ゲンと結婚してなぜか黒田姓になっており、栄吉ものちに川端姓に

川端家

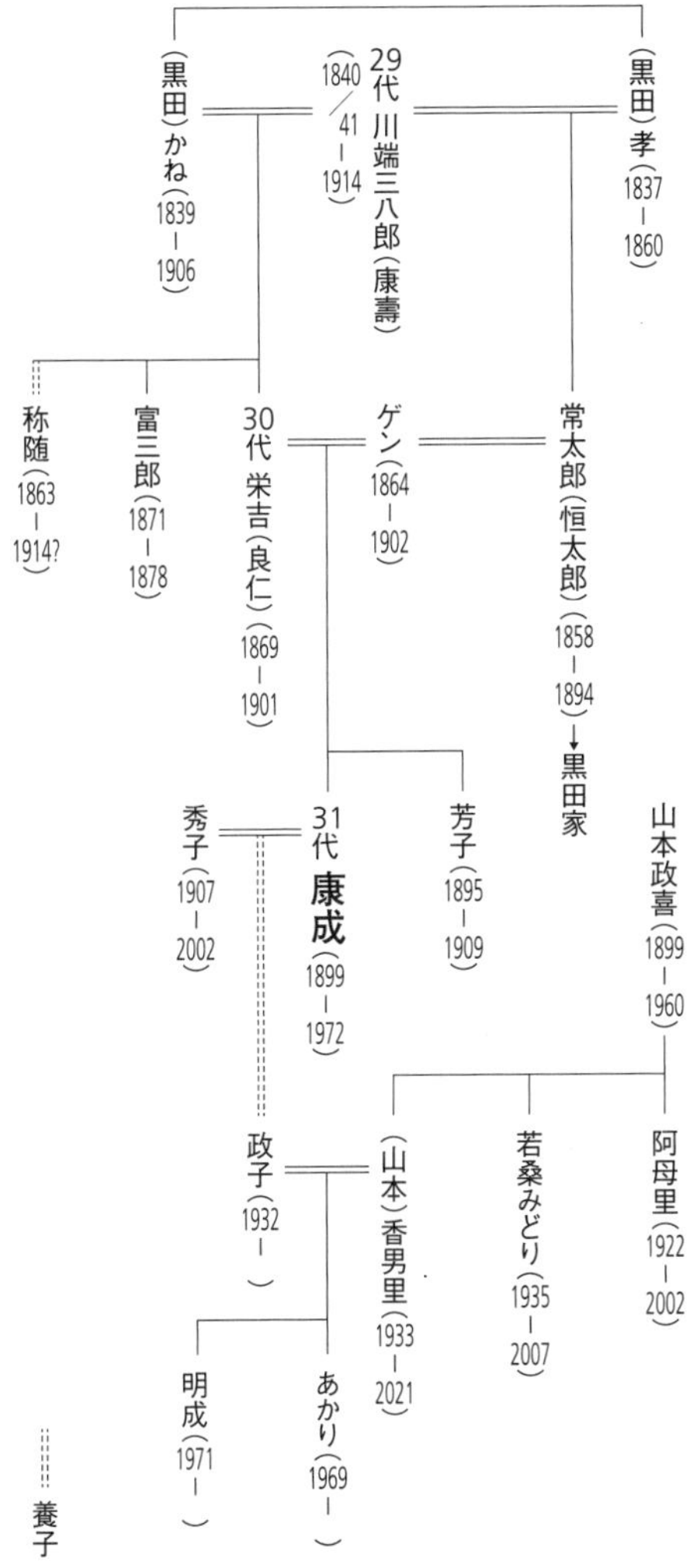
(黒田)孝(1837-1860)
29代 川端三八郎(康壽)(1840/41-1914)
(黒田)かね(1839-1906)
常太郎(恒太郎)(1858-1894)→黒田家
ゲン(1864-1902)
30代 栄吉(良仁)(1869-1901)
富三郎(1871-1878)
称随(1863-1914?)
芳子(1895-1909)
31代 康成(1899-1972)
秀子(1907-2002)
山本政喜(1899-1960)
阿母里(1922-2002)
若桑みどり(1935-2007)
(山本)香男里(1933-2021)
政子(1932-)
あかり(1969-)
明成(1971-)
養子

復するが一時宮本家の養子になっている。一八九四年（明治二十七年）四月に黒田恒太郎は三十七歳で病死し、ゲンは栄吉と結婚し、翌年、姉の芳子が生まれており、この時はまだ入籍していなかったため、芳子は戸籍には私生児として届けられている。のち康成はこのことを知ってショックを受けているが、未入籍だったため書類上でそうなったと考えれば特にショックを受ける必要はない。むしろ、二人の男児がいて、どちらも他家の養子にしていたことが未だ謎である。

　日本船舶振興会の笹川良一という有名な人物は、川端の幼馴染である。その笹川の親類に当たるのか、笹川隆平という人が、『川端康成　大阪茨木時代と青春書簡集』（和泉書院、一九九二）という詳細に調べた著書がある。これには、川端の両親である栄吉とゲンの葬儀の際の焼香順が記してある。父のほうは「岸部称随、康成、芳子、黒田秀太郎、上村槌之助、中村シヤウ、秋岡義一《ぎいち》、小寺《おでら》秀松、黒田益蔵、黒田善兵衛、黒田定二郎と続き、「押」として川端松太郎がいる。善兵衛は「西の黒田」と言われた黒田分家の人、上村槌之助は、黒田善右衛門の妹の息子である。この「岸部称随」というのは、尼僧《にそう》であり、ゲンの葬儀でも焼香順は筆頭で、導師ということになる。この称随は、それから半年後の七月二十五日、三八郎の養女となっている。

川端自身は「十六歳の日記」で、この尼さんについて書いている。

> 私の村に尼寺がありました。昔多分私の祖先が建立したものらしく、寺の建物や山林田畑は私の家の名義になり、尼さんは私の家に籍が入つてゐました。（略）ところが私の村から一里ばかり北の名高い山寺に籠つてゐた聖僧が、この寺へ移つて来ることになりました。祖父は非常にありがたがつて、尼さんを追ひ出し、その寺に附いた財産の名義を手離しました。

明治四十三年（一九一〇）、箕面《みのお》の勝尾寺《かつおうじ》にいた戒誉上人を迎え、大阪の豊田宇左衛門、八川卯之助、利見又兵衛などが発起し、三八郎は山林田畑を寄進して、新たに紫金山慧光《しきんさんえこう》院《いん》が建ったというのである。これで寺は浄土宗になるが、川端の「故園《こえん》」では、赤痢《せきり》のはやった中学一年か二年の時に尼さんは追い出されて郷里へ帰ったとあり、称随は、四十三年十一月に川端家を離縁になっているが、大正二年一月に故郷へ帰ったらしいと、これは羽鳥徹哉『作家川端の基底』（教育出版センター、一九七九）に詳しい。

羽鳥著に掲載された戸籍によると、称随は、大阪府三島郡玉櫛村《たまくしむら》真砂《まさご》十五番屋敷一号の戸主岸部定吉の養妹となっており、離籍する時もそこへ帰っている。文久三年（一八六三）の生まれだから、川端家へ入った時は四十歳である（羽鳥は計算を誤ったか、二度、三十歳としている）。親戚の川端富枝が簡単に称随のことを書いているが、笹川は、巻末の年表には記しているけれど、本文での考察は一切ない。

姉の芳子と、謎の尼僧・称随

「故園」は、昭和十八年に政子を養女にしたのをきっかけに、川端が大人になってから初めて、祖父母のことを描いた、私小説である。


祖父が死ぬと子供の私一人で、親族会議の必要が生じた時、

「如意寺の妙瑞さんも、うちに籍が入つてましたんやな。」

と、親戚の誰かが私に言つた。

「そやけど、死んでやはりまんな。」

「へえ。」

と、私は言つて、やはり気が咎めたのを覚えてゐる。

（略）

尼さんの死は風の便りのやうに村へ伝はつただけで、私の家とはかかはりがないかのやうだつた。住みなれた寺を追はれたのが、尼さんの死を早めたのだらうし、それは祖父のまちがひがもとだと、後には私も気がついたし、所詮、尼さんが老人と孫と二人きりの私の家を案じてくれたことさへ、子供の私はよくわからずに過してゐたのだつた。

「妙瑞」となっているのは、小説だからである。祖父より先に死んだとすれば、五十いくつだったことになる。一体、この称随とは何者なのか。何ゆえ養女にし、逆にまた、あっさりと離縁してしまうのは何なのか。またこの時期、もう一つの謎があるのは、姉芳子が両親の死後、親戚の秋岡家に預けられていたことで、母の実家の黒田家が預かるのが至当であろう。芳子は、明治四十二年（一九〇九）七月十六日、高等小学校より下校後熱病にかかり、二十一日、心臓麻痺のため十五歳で死去している。二十二日に葬儀があったが、康成は病気で出席できず、三八郎も行かず、称随尼が行ったという。称随が離縁になったのは、翌年の十一月である。羽鳥は、慧光院が出来たあともそこにいたが、やはり何かうまくいかないことがあって、郷里へ帰ったのだろうとしている。しかし、祖父より先に死んだとすれば、大正二年一月に去って、大正三年五月の祖父の死までには死んでいることになる。果して自然死だっただろうか。

恐らく羽鳥は気づいていて、中途で筆をよそへ向けており、笹川は気づいて一切書かなかったのだが、称随は三八郎の愛人であり、芳子の母であろう。そう考えて、「故園」と、「父母への手紙」の、姉に触れたところを熟読すれば、まったくそうとしか思えなくなる。それなればこそ、康成の父母が死んだあとで川端家養女とし、芳子が死んだあとで称随だけが葬儀に行き、さらに称随は離縁され、郷里へ帰って恐らく自殺したのである。「十六歳の日記」の本文を書いた時、子供の川端はそれに気づいていないが、「父母への手紙」と「故園」を書いた時には気づいている。

戸籍上「私生児」とされていた姉への情

志賀直哉の『暗夜行路』が、時任謙作が実は祖父と母の間の子であったり、祖父の妾に謙作が育てられていたりするように、当時の有産階級では、そうしたことは珍しくなかった。恒太郎が死んでから芳子が生まれるまで、十六ヶ月しか経っておらず、ゲンの私生児として届け出、辻褄を合わせるために栄吉を説いてゲンと夫婦にしたというのが真相だろう。称随が出家したのは、その後に違いあるまい。芳子が「私生児」とされていることに康成がショックを受けたという羽鳥の論を、笹川も繰り返しているが、それは恐らく、この事実に気づいた上で書かれていたのである。実際、戸籍上で「私生児」とあるだけなら、大人に事情を聞けばさしたる問題ではないのだ。

「父母への手紙」によれば、芳子と康成は、実の姉弟だとすれば、異常なほどに会っていない。父母の死後は、二度会っただけだという。「私はなに一つ思ひ出を残さず、あなた方が早く死んでくれたことを、今の私は寧ろ幸ひと思ふことの方が多いのですから、私の場合はお互ひに五分五分でせうが、あなた方は姉には詫びてやつてもらはねばなりますまい」「私といたしましても、それをひねくつて、強いてそこに姉の不幸を見るやうなことは好まないのでありますし、きやうだいの縁薄い姉に、さうするほどの関心も持つてをりません」、従姉（秋岡俊子）から「姉の話を聞くこともありますが、私が直ぐ厭な顔をして、ろくろく返事もしないためか、話のはづんだためしはありません」。

政子を貰うために茨木を訪ねて、如意寺を見つけた時のことを描いた「故園」では、

「寺の見えたことが私の胸を刺すのは、元は私の家の寺だからだつた。それが私の祖父に結びついてゐるからだつた。

私の子供のころは尼寺で、尼さんが一人ゐた。尼さんの籍は私の家に入つてゐた。多分祖父の養女になつてゐたのだらう。寺の建物や山林も祖父の所有だつた。子供の私はそんなことを知らなかつたといふよりも、一向考へてもみないで、尼寺と私の家との親密な関係を、たださういふものとして受け入れてゐただけだつた」

「子供の私は、言はば尼さんの悲しみを知らずに過ぎてしまつた」

などとある。

もっとも、川端に関する小冊子をいくつか出した親戚の川端富枝の本に、芳子が誕生する前に栄吉からゲンに宛てた手紙というのが掲載されており、そこには「本年清国《しんこく》征伐の時天皇の詔《みことのり》に「国威を宣揚《せんよう》す」の語あり。故《ゆえ》に男子に候《そうら》はば「宣揚」即ち「ノブタケ」と読み是《これ》を名とせば如何《いかん》と存じ序《ついで》ながら御尋ね申上《もうしあげ》候《そうろう》。」などと書いてある（『川端康成のふるさと宿久庄』）。これは日清戦争のことだろうから、一八九四年から九五年にかけてと思われるが、そもそも黒田恒太郎が死んだのが九四年四月十四日で、芳子が生まれたのが九五年八月十七日と見られているから、芳子の懐胎《かいたい》は十一月ころになり、計算があうことはあうが、この手紙の出どころが分からない。いずれにせよ、川端自身が作品に書いている、姉に詫びてほしいとか、尼さんの悲しみとかいった言葉については、私の説が嘘だとか罵詈雑言を浴びせるのではなく、冷静に考察を深める必要があるだろう。

第四章　『掌の小説』と川端ロリコン説

なぜ変態的と見られるのか

『掌の小説』……川端が二十代の頃から書き、収録されてきた小品文（日常のちょっとした事柄をスケッチした短編より短い文章）の総称。「骨拾ひ」「心中」「竜宮の乙姫」「ざくろ」「士族」など百編を超える。とくに昭和初期の作品は、幻想的で怪奇色の色濃いものが並ぶ。『感情装飾』『僕の標本室』などに集められた。のち『川端康成選集　第一巻　掌の小説』（一九三八）、新潮文庫『掌の小説百篇』（一九五二）などいくつかの集成がある。

川端作品の真価は掌編にあり

高校三年生の春に、私の実家は同じ市内で引っ越し、元荒川《もとあらかわ》の近くの新築住宅に移った。元荒川はかつて荒川だった川で、うちはその西側にあった。信長時代以前、この荒川が下総《しもうさ》と武蔵国《むさしのくに》の境だったというから、私はぎりぎり、その当時の武蔵国に住んでいたことになる。前の住まいに比べると、駅や繁華街も近く、父の給料はそんなによくはなかったから、ずいぶん無理をしたものだと思う。

その夏、私は受験勉強をしながら、疲れると新潮文庫の『掌の小説』を広げてベッドに寝ころび、一編だけ読んで勉強に戻る、ということをしていた。

掌編《しょうへん》小説などといい、今でも新潮社が後援する川端康成文学賞は、五十枚前後の短篇小説に与えられることになっている。昭和初年、川端らの新感覚派のほかに、新興藝術派といった作家たちが現れて、西洋のモダニズムや美術の未来主義、ダダイズムなどの影響を受けたかなり珍奇な作品を書いていた。浅原六朗、翁久允《おきなきゅういん》などがいるが、稲垣足穂《たるほ》や尾崎《おさき》翠《みどり》などもそうで、尾崎翠はのちに「再発見」されたが、大正から昭和にかけてこんな新しい小説があったのか、と驚くのはちょっと間違いで、ああいうのがけっこうあったのである。


掌編小説もその一つで、岡田三郎などが「コント」などとして書いており、川端もそれに伍して書いていたのが、川端のものだけ後世に残ったというわけだ。なお戦後になっても、『小説新潮』などでは、新人賞とは別に、コントや詩を読者から募っており、最後のほうに当選者名があったりしたが、これはお笑いのほうのコントではなく、小品文《しょうひんぶん》という意味だ。川端はのちに、『令女界《れいじょかい》』や『少女の友』などの少女雑誌で、小品文の選者を長く務めていた。

短い小説といえばショート・ショートというのがあり、私が高校生のころ、星新一が選者をするショート・ショートのコンテストが講談社で始まり、同級生に誘われて私も一編くらい出したことがあったかもしれない。しかし自分のものも他人のものも、そう面白いものはなかった。ファンには申し訳ないが星新一なども別に面白くはなかった（人によっては、あれは中学生の時に読むものだという）。川端のものに匹敵するほど面白かったのは、筒井康隆の八〇年代の短篇くらいである。

筒井自身、自分は本質的に短編作家だと言っており、長編ではよく失敗するが、川端も短編作家で、長編はしばしば短篇の連なりとして書いたが、戦後書かれた通俗長編には、代作が多い。

川端は詩を書かない。人々が詩を書く代わりに掌の小説を書いたと言っている。

西洋でも日本でも、はじめは詩を書いて、のち小説に移るという人は多い。北村透谷《とうこく》や島崎藤村《とうそん》、室生《むろう》犀星《さいせい》がおり、戦後は三木《みき》卓《たく》、富岡多恵子、松浦寿輝《ひさき》、金井美恵子など多くなるが、川端の世代ではあまりいない。川端は短歌や俳句もやらない。

「掌の小説」の多くは、初期に「短篇集」などとして発表され、『感情装飾』や『僕の標本室』などの掌編小説集に収められたが、それ以後も折に触れて書かれている。一九八〇年ころに川端の最後の全集が出た時は、初出が分かっていないものもあり、それ以後判明した初出も多い。

　昭和十年ころ、川端に手紙をよこしていた内田憲太郎という人物がいて、その手紙は全集にも載っている。秀子夫人は内田を、「どうしようもない人」と言っており、浮浪者のように扱っているが、法政大学を出て肺を患っていたらしい。その後も社会主義関係の著作があり、私は少し調べに出向いたこともあったのだが、分からなかった。内田憲太郎が問題になるのは、川端が昭和六年に『中央公論』に載せた短篇「空の片仮名」について、龍胆寺雄《りゅうたんじゆう》が「M・子への遺書」で、内田憲太郎の代作と書いたからである。川端はそれに対して「誤記」と呼んだが、全集に内田からの書簡が載って、代作であることはほぼ確定してしまった。元来「空の片仮名」は川端の著作には編入されず、全集でも疑問の作扱いをされていた。だが、内田が書いたものに川端が手を入れたのは確かで、これは上野か浅草あたりで、少年少女が遠くの窓から、空に片仮名を書きあって会話をするというロマンティックな小説だが、やはり川端風になっているのが否めない。

星新一が魅せられた「心中」「竜宮の乙姫」

「掌の小説」は、川端の魔術師ぶりが発揮されていて、ある対象を定めると、オチとか関係なく一編の優れた掌編に仕立てあげられてしまう。星新一に「『心中』に魅入られて」というエッセイがあり、一九六九年の『川端康成全集』の月報に発表され、八一年の全集月報にも転載されている。星は「掌の小説」の「心中」と、その前にある「子の立場」と、あとにある「竜宮の乙姫」が最高峰ではないかと言う。「心中」は、こんな風に始まっている。

　彼女を嫌つて逃げた夫から手紙が来た。二年ぶりで遠い土地からだ。
(子供にゴム毬《まり》をつかせるな。その音が聞えて来るのだ。その音が俺の心臓を叩くのだ。)

　そこで毬を取り上げると、今度は靴を履かせるなという手紙が来て、瀬戸物の茶碗で飯を食わせるなと言ってくる。その通りにしたが、とうとう、息をするな、という手紙が来たので、母と娘が死んでしまうと、

　そして不思議なことには彼女の夫も枕を並べて死んでゐた。

　というのが終わりである。

「子の立場」も「竜宮の乙姫」も、いささか不気味な親子関係を扱っている。星新一には、『明治・父・アメリカ』『祖父・小金井《こがねい》良精《よしきよ》の記』など、自身の父や祖父に取材した優れたノンフィクションがあり、これらで何の文学賞も与えられなかったのはまことに不当である。おそらく星も、家族関係について何か屈託があったのだろう。同じＳＦ作家の筒井康隆は、私小説批判を時どきするが、割と的はずれなことを言う。そして筒井が父との関係でトラブルを抱えており、それを時おりＳＦの形で表出していたことも知られている。

　しかし星の場合、ショート・ショートは、娯楽作品として発表しなければならず、川端のようにオチらしいオチをつけないわけにはいかないのでハンディがあると言える。川端のオチは、仮にオチの切れ味を期待して読むと肩透かしをくう。「掌の小説」は、オチよりも、始まり方にある凄さがある。

「ヘタウマ」などと言われる絵で描かれた絵本の優れたものがあるが、あれは普通の人が真似しようとしてもできない。川端の「掌の小説」も、奇想を使って書いてみたら書けそうに思うのだが、書けないのである。

「士族」は抜きん出た作品なのに

私が好きなのは「士族」である。これは比較的長い。昭和四年の発表である。銭湯の女湯での女たちのおしゃべりで、式亭三馬《しきていさんば》の『浮世風呂』のようだ。一人の母親が、男の子の赤ん坊を抱いて、この子は小さいおもちゃが嫌いで、新聞や絵本が好きで、食べてしまうと異様なことを言っている。「梁川庄八《やながわしょうはち》より強い豪傑におなりなさい」という妙なセリフがある。

> そこで女達は親しく見せながら決して打ちとけない、あの女同士の上つ調子な笑ひ声を立てた。
> 彼は銭湯を出しなに女湯を覗いてみた。脱衣場の鏡に死んだ蛸《たこ》のやうな乳房と、その乳房のやうな赤子の頭とが、ぐらりぐらり揺れてゐた。

こういう警抜《けいばつ》な比喩で、川端は自分の世界に読者を引きずり込むのだが、筋を作るのが下手な分だけ、掌の小説ではうまさが際立って見えるのである。そのあと、この赤子の姉であるらしい少女が出て来る。


　砂利の上の白い少女が彼を見ると、膝の画板をついと胸へ引き寄せて、

「あすこの絵かきさんよ。」と、彼のアトリエを指ざしながら傍の少女達に囁《ささや》いて頬に色を見せた。彼はその媚びにひつかかるほかはなく、少女の胸を覗き込んだ。直《す》ぐ前の藁《わら》屋根の水彩画だつた。

(略)

「あすこがあんたのうち？」

「ええ、さう。」

「あんたの弟さんは世界で一番若い新聞の読者だね。」

少女は燕《つばめ》のやうに首をかしげた。彼は柔かく笑ひながら第二の皮肉を浴せかけた。

「あんたとこは士族だなんて、なかなかえらいもんだね。」

少女の家の表札には「伊達《だて》藩士族　沖山兼武」とあるという。それで「梁川庄八」の謎が解けた。梁川庄八は、そのころ講談で有名だった仙台出身の豪傑で、当時映画になっていたという。画家は、絵が好きならうちへ見にいらっしゃいと少女を誘う。


「今直ぐ行つてもいいの？」

彼がうなづくと、少女は頬にきつい色を見せてつかつかついて来た。ははんと彼は苦笑をまぎらはすためにのんきな口笛を吹いて、自分の足を見ながら歩いた。


（略）


彼は叩くやうに少女の肩へ掌を落して、士族を握りつぶしでもするかのやうに指先へ力を入れた。

「あんたの肖像を描いてあげようね。」

「あら、嬉しいわ、ほんと？」

「ほんとだとも、今日はその白い服を着たまま描いて上げるけれどね、あんただつていろんな展覧会で見て知つてるでせう。人体は裸でなくちやいい絵は描けないんだよ。あんただつて裸でないと、あんたのほんとの美しさが描けないんだよ。この次には裸になつてくれる？」

　少女は花嫁のやうにこはい顔になつてうなづいた。彼は針を刺されたやうに驚いた。

しかし、これもまた余りに士族の心臓であつたらしい。なぜなら、アトリエで少女と二人きりになると彼は彼の内の士族の道徳を感じ出して来たから――。新聞紙を食べる赤子のやうに、彼は士族の娘を花茎のやうな足からむしやむしや齧つてしまふはずであつたにもかかはらず――。


　川端を「ロリコン」などと思い込んでいる人がいるが、それが出ているのはせいぜいこの掌編くらいである。そういう点も含めて、このあたりが実に妙手であると言えるだろう。

　ここに出て来る梁川庄八というのは、講談の主人公で架空の人物である。明治三十年ころ、講釈師・放牛舎桃湖《ほうぎゅうしゃとうこ》の創作で、伊達政宗の家臣で、関ヶ原の前哨戦《ぜんしょうせん》で梁川庄八は上杉勢相手に立派な戦いをしたが、伊達家の重臣・片倉備後守《びんごのかみ》のために十分な褒美が与えられず、これに異議申し立てをしたため切腹することになり、その息子が庄八の名を継いで備後守を殺して牢に入るが、脱獄して安房《あわ》や京都を漫遊していろいろ事件を解決し、仙台へ帰って来て切腹するという荒唐無稽な話で、明治四十四年（一九一一）から昭和十二年

（一九三七）まで、尾上松之助《おのえまつのすけ》主演などで十四回にわたって映画化された、当時人気の題材だったらしい。

おそらく「士族」は、士族と書いた表札一つを見ただけで空想したものだろう。川端の天才はそういう一つことからの空想に現れる。

「掌の小説」は、のちにもほそぼそと書かれてはいて、後で書かれたものも手腕は衰えていないが、やはり昭和初年に書かれたものがよく、その時代の雰囲気に合致した読物だと言える。谷崎潤一郎の『蓼喰《たでく》ふ蟲』や夢野久作《ゆめのきゅうさく》の『ドグラ・マグラ』と同時代の作という感じがする。

ナボコフの『ロリータ』への言及

丸谷《まるや》才一《さいいち》が「樹影譚《じゅえいたん》」で川端康成文学賞を受賞した時（一九八八年）、『新潮』に書いた「思ひで一つ」という随筆がある。ナボコフの『ロリータ』について、川端に、あれはどうです、と訊《き》いたというのだ。『ロリータ』は刊行後まもなく大久保康雄の翻訳が出ているが、これは一九五九年で、丸谷はまだ文壇に出ていないから、芥川賞受賞のあとだろう。川端は「あれは、きたない」と答え、丸谷は「でも、先生もきたなく書くことはあるでせう」と言い、川端は「いや、さういふことでなく……」と口ごもったという。川端とナボコフはともに一八九九年生まれの同年である。

　しかし、『ロリータ』は、そもそも少女愛小説のようには見えない。その意味でこの会話はかみ合っていない。丸谷の「先生もきたなく……」というのも、何かを念頭に置いて言ったというより、言葉の勢いで言った感じがある。

　もっとも「ロリコン」という言葉の意味はやや不明だ。十二歳から十六歳くらいの美しい少女を美しいと思わない男というのは、ゲイは別として、あまりいないだろう。大人の女には興味がない、となれば話は別だが、川端は明らかにそうではないし、単に若くて美しい女が好きだというだけのことでしかあるまい。

　『源氏物語』における「強姦」は、近頃ますます問題になってきた。浮舟《うきふね》に対する匂宮《におうのみや》、女三宮《おんなさんのみや》に対する柏木《かしわぎ》などがあるが、若紫《わかむらさき》に対する光源氏のそれも、若紫が十三歳の時なので少女強姦になってしまう。これはのち紫上《むらさきのうえ》となった若紫がそれを受け入れたように見えるから問題になってこなかっただけで、これからは問題になるだろうし、百年後には、『源氏物語』は、雅やかな色恋を描いた文学ではなく、強姦を描いた、女性作家による糾弾の文学として受け入れられているかもしれない。

「日本人アンナ」のロシヤ系美少女

川端は、むしろ西洋人の美少女のほうが好きだったらしい。「日本人アンナ」は、そんな好みを描いた掌の小説だ。

彼等はきやうだい二人で一つの財布しか持つてゐなかつた。もつと正しくいへば、兄が時々妹の財布を借りるのだつた。黒い革の馬蹄型の小銭入《こぜにいれ》だが、赤い線の縁取りが女のしるしだつた。だから、アンナがそれと同じものを持つてゐたにしても、彼は怪しむどころか、この可憐なロシア娘もまた女学生の流行に――。

というはじまりで、浅草公園でロシヤ革命で本国を追われてきた孤児のロシヤ人のルボウスキー姉弟として出ているのだった。

ロシヤ革命から逃れた白系ロシヤ人というのは、今日にいたるまで、日本人のみならず西欧人の美意識をくすぐるらしく、元侯爵夫人などというのが映画や小説に出て来ることがある。

その白壁に中学生が一人守宮《やもり》のやうにへばりついて背伸びしながら、木賃宿の二階をじつとにらんでゐるのだ。やはりアンナの後をつけて来たのにちがひない。彼は高等学校の学生だつた。二人は泣きだしさうに真面目なお互ひの顔を避けて、十分間以上冷たい足で立つてゐた。

彼は宿に泊まろうとするが財布がなく、アンナにすられたと気づく。

彼はわき目もせずに——玄関に脱ぎ棄てたアンナの舞台靴一つを見ながら、木賃宿のはしご段をおりた。ロシアの歌をイギリス語で歌ひ歌ひ本郷へ歩いて帰つた。

翌日改めて学生が宿へ行くと、

床を敷きに来た女中は、
「旦那。」と、彼に生れて初めての名詞で呼んで、間のふすまをがらりと明（ママ）け、
「ここの異人娘がお気にいつたのなら、お世話しませうか。」

「え。」

「二十円もおだしになりますか。」

「だつて、だつて君、あの子はたつた十三なんだぜ。」

「へえ、十三ですか。」

アンナ達は帰ると、弟達が二こと三こと言つただけで、直ぐ眠つたらしかつた。彼は固い寝床でがたがた震へてゐた。

つまり川端は、藝人と娼婦の間のたゆたいのようなものに抒情を感じているだけなので、それが十八より下の少女になれば興奮するようでもあり、またその子が不幸であればひときわ感奮するわけである。もちろん、それを表現する川端の言葉に、非凡さがある。ただし、それで終わりなので、筋を立てることはできない。

女に向けられた視線が「気持ち悪い」という空気

『雪国』は、戦後三十年くらいは、若い女に愛読されたし、舞台は中年女性によって支持されたが、私が若いころは、川端というと、ロリコンで変態的、という感じを若くて頭のいい女が持っていることが私には感じられた。実際二十五歳のころ、ある女性から「川端、異常」と言われたことがある。これももっと正確に言えば「気持ち悪い」ということで、それは女に向けられた視線が気持ち悪いということだろう。

　これに私は少々困惑していた。確かに私の川端好きには、ある少女趣味めいた感傷が主となっているところがあった。たとえば、囲碁を描いた『名人』という作品があるが、もし川端の作品では『名人』が好きだと言う人がいたら、その人は川端の主潮《しゅちょう》は嫌いな人だと思う。むしろそちらのほうが、チェスに深い関心のあったナボコフ的な部分に通じているかもしれない。あるいは、ナボコフと川端は、少女と囲碁＝チェスに関心がある東西の作家なのかもしれない。もっとも私は囲碁将棋は苦手である。

　カナダのブリティッシュ・コロンビア大学教授だった鶴田欣也《きんや》先生は私の師匠で、川端の専門家だったが、女好きであった。二人目の妻はノンフィクション作家になった十八歳年下の工藤美代子だったが、私は若い頃の工藤の顔だちが、うちの死んだ母に似ていることもあって好きだった。ほかにも鶴田先生が好きな女のタイプというのは、私とかぶることが多かった。だからそういうことなのだろう。

　私は二十年前にこんなことを書いていた。

批評のもたらす「正義」によって感性をつくりかえることはできない。私は長いこと、川端の小説に感動してしまう自分の感傷を嫌ってきた。だがもうやめた。もしこうした私の感性がフェミニズム批評にとっての「悪」ならば、私は甘んじて「悪」になろう。（『片思いの発見』新潮社、二〇〇一年）

今もフェミニズム批評は精神分析などの非科学的なところを伴いつつ、別に新しくもないところで新しがっているが、文学作品に対しては妙に寛容になって、フェミニズムを押し出す文学作品の三流のやつをめったやたらに推奨するけれど、漱石や志賀直哉や三島のミソジニーについては私がいくら言っても反応がないし、谷崎や川端についてもあまり言うつもりがないらしい。それは要するに敵として退治するほどの力ももう持たなくなったということなのだろう。

『みづうみ』の影響は多少あるかもしれない

川端がロリコン扱いされるのは、戦後の『みづうみ』によるところが大きいだろう。これは『山の音』『千羽鶴』の連作をだいたい書き終えた一九五四年（昭和二十九年）の一月号から十二月号まで『新潮』に連載したもので、川端が文藝雑誌にきっちり連載をするのは、のちの『眠れる美女』などごく少ない。

『みづうみ』は、いかにも気持ち悪い感じで、桃井銀平という男が女、特に少女に執着するさまを描いており、「魔界」という近ごろ川端を論じるのにはやりの言葉もここに出て来る。その一方、初期の「水晶幻想」のように、「意識の流れ」の手法を用いた幻想小説のようにも言われている。

『みづうみ』は、舞台となっている場所がどこなのかよく分からない。当初、桃井銀平は軽井沢に現れるが、そのあとは、京都とか銀座とかいう地名がポロリと出てはくるが、銀平の郷里のみずうみのある場所などはどことも知れない。

ここに「トルコ風呂」の「湯女《ゆな》」というのが出て来るが、これはまさか軽井沢ではないだろう。一九四〇年代に、上海に、日本人経営の「トルコ風呂」というものが、男の体を流す女のいる施設として存在したと松沢呉一《まつざわくれいち》が指摘しているが（『エロスの原風景』ポット出版）、一般には一九五一年に銀座に開業した「東京温泉」が最初とされ、川端はおそらくこの創業当時のトルコ風呂へ行ったことがあるのだろう。

一九五八年に、売春防止法の施行によって吉原などの売春施設はなくなり、旅館などに転業したが、ほどなく、トルコ風呂がとって代わった。トルコ風呂は当初は単にサウナで、女が男の体を洗うものでしかなかったが、一九六〇年代から次第に売春をするようになり、七〇年代には「トルコ風呂」といえば売春をするところになっていた。八〇年代にトルコ人の留学生ヌスレット・サンジャクリが自国の名前がそのように使われていることに抗議したため、「ソープランド」と名前を変えて今日にいたっている。

遠藤周作の『わたしが・棄てた・女』では、ヒロインの森田ミツが「トルコ風呂」で働いているが、のちの講談社文庫版などで、自動的に「ソープランド」に変えられている。だがミツは背中を流す程度のところで働いていたので売春していたのではないから、不適切な改変だと私は前から言っている。

『みづうみ』は、桃井銀平が、元は教師で、女子生徒と関係を持ったためクビになったという設定で、銀平がいま何で生計を立てているのか、どこにどうやって住んでいるのかも分からない。銀平には女の後をつけるという性向があり、ある女がハンドバッグで銀平を殴ったかして、ハンドバッグを捨てて行ってしまい、銀平が中を改めると二十万円と貯金通帳が入っており、銀平はカネを奪い、紙類は焼いて棄て、ハンドバッグは焼けば臭うから細かく切って少しずつ焼くという薄気味悪い展開になる。

その女は水木宮子というのだが、どうも有田という七十歳くらいの老人の妾をしているらしく、さち子という女中とその母のたつの生活ぶりの、とりとめない話が続く。

川端は中編以上の小説を書く時は、設計図を作らず、ぶっつけに思いついたことを書いていき、途中で話がそれたり、また元の話に戻って行ったりするが、『みづうみ』もそういう行き当たりばったりな書き方で書かれているのが、あたかも幻想小説のような外見を呈する結果になっている。

銀平はみづうみの近くで育ち、十一歳の時父親が湖へ飛び込んで自殺し、美しい母に育てられた三十四歳で、子供のころ従妹のやよいという少女が好きだった。国語の教師をしていた時、玉木久子という女生徒と恋愛関係になるが、久子が親友の恩田信子に打ち明け、信子が学校へ投書したため銀平はクビになった。

ところが、有田音二というこの老人は、久子のいる学校の理事長で、銀平は友人から、その有田の演説の原稿書きの仕事を回してもらっているという関係があるが、どうもあとから二つの話を結びつけるためにこしらえたらしい。水木宮子も途中から登場しなくなるが、その弟の啓助の友人に水野というのがいて、その恋人が町枝といい、これがまた銀平の目に留まる。

銀平は「足がみにくい」ということになっているが、どのように醜いのかは書いていない。川端はおそらく、女を追うけれど女に嫌がられる男を描こうとしたのだろう。川端ももちろん、女に嫌われることはあったろうし、それが具体的に窺えるのが、梅園龍子に関する吉行エイスケ宛の手紙で、

「彼女も小生に恋愛的な気持を抱いて居れば理想的なわけですが、それが少しもないことは、実に明らかなのであります。水族館を止める直前は、彼女も小生に会ふことを喜んでゐましたが、この頃は逃げる算段ばかりしてゐるのであります。二人きりでは一歩も歩くことを厭《いや》がるやうな次第です。」

というところに現れている。

好きな女に嫌われるという経験は、私小説作家といえどもなかなか書けるものではないらしい。近松秋江は書いているようだが、何か女の側に事情があったように思っているらしくもある。

『みづうみ』も、嫌われながらあとを追うストーカー男を描いていけばよかったのだが、途中で気がさしたのか、玉木久子とは相愛の関係のように描いてしまい、あまり優れた効

果は挙げられなかった。有田老人のところに「器量の穿鑿《せんさく》するは妾者《てかけ》のことなれば、本妻には沙汰なき儀もつともぞかし。」という古典からの引用があるが、これは『武道張合《はりあい》大鑑《おおかがみ》』第一（北条団水）からである。

しかし『みづうみ』は、変なところはあるが川端の芯の部分が提示された作品であり、『千羽鶴』などよりはよほどいいと思う。読んだあとでじわじわと迫ってくるものがある。

*

〈追記〉三島由紀夫の川端評「文体を持たない」のおかしさ

川端を論じる際に参照されることの多い評論に、川端自身の「末期《まつご》の眼《め》」と、三島由紀夫の「永遠の旅人」がある。「末期の眼」は、親しかった画家の古賀春江（男）の死（一九三三年）を悼んだもので、三島のほうは、一九五六年四月に『別冊文藝春秋』に載ったものだ。

今の日本では、「文藝評論」と「学術論文」の区別がつけられていない。中には「批評」などと言う人もいるし、加藤典洋のように「ぼくが批評をやろうと思ったのは」などと言う人もいるが、その「批評」なるものが、新しく発表された小説などを品評するならまだ分かるが、そうではない抽象的な議論や、古い作品に関する論になると、それは近代文学についての学術論文とどう違うのか分からない。問題なのは、どう違うのか分からないだけでなく、どう違うのかということを議論しようという人がほとんどいないことである。

文藝評論というものは、論理的に読めないと言う声があり、それが日本特有の現象のように言う人もいる。たとえばイルメラ・日地谷《ひじや》＝キルシュネライトの『私小説』がそうである。だが、西洋の批評でも、論理的に読めないものはわんさとある。「ポストモダン」を称しているものもそうだし、アドルノとかベルクソンとかのものもそうである。

さて「永遠の旅人」には、川端は「文体を持たない」、「文体」とは「世界解釈の意思」だという箇所がある。実はカナダで鶴田先生の出した試験にこれが出たことがある。ところが、私には意味が分からない。川端に独自の文章がない、ということは絶対にないのである。ならば「文体を持たない」とはどういうことか。鶴田先生は、私の問いに、「文体」とは「歴史」だと言った。ヘーゲル的な歴史だという。だが、まったく意味が分からない。ヘーゲルの歴史哲学などというのはまったくのでたらめである。「世界解釈の意思」とは何か。小説は「世界解釈」をするものか。三島の評論はわりあい意味がとりやすいのだが、これはダメである。ただこけおどしの哲学用語を並べているだけだ。

第五章

サイデンステッカーの直さない誤訳

世界の川端の立役者、サイデンステッカー

エドワード・サイデンステッカー（一九二一－二〇〇七）は、日本文学の英訳者として知られる。コロラド州に生まれ、コロラド大学ではじめ農学を学んだが英文学に転じ、太平洋戦争中、日本語を学び、占領軍について日本に来て、日本文学の魅力に開眼したか、東京大学国文科に学んだ。その時の学友が、直木賞作家の高橋治で、高橋は卒業後、映画界へ入って小津安二郎の下で働くが、夏休みには九十九里浜の高橋の別荘へサイデンも遊びに行っていた。

より正確にはサイデンスティッカーだが、川端が初めてサイデンに出した手紙は、間違って「ザイデンストリッカア」と書いている。これは、ノーベル賞作家のパール・バックの旧姓がサイデンストリッカーで、パール・サイデンストリッカー・バックというから、それを川端は知っていて混同したのだろう。川端や谷崎とも親しかったが、この世代ではドナルド・キーンと併称されるけれど、サイデンのほうが翻訳は多い。『源氏物語』、谷崎の『蓼喰ふ蟲』『細雪《ささめゆき》』、川端は「伊豆の踊子」『雪国』『山の音』『千羽鶴』『眠れる美女』と名作が目白押しで、キーンは翻訳は割と少なく、太宰『斜陽』や三島由紀夫『近代能楽

集』あたりで、むしろ自身の著作の翻訳と、その明るい人柄で人気がある。キーンは最後には日本に帰化したが、日本文学をやって半分日本住まいになってしまう男はゲイが多いというのが定説ではあるまいか。キーンもサイデンも、ロバート・キャンベルもゲイである。米国のマチズモに馴染めないで、日本になじめるということであろうか。

谷崎といえば女好きの男嫌いで知られるが、年をとってから、美青年愛好趣味も芽生えたらしく、自分の長編を一つも訳していないキーンをずいぶんかわいがり、キーンの著書に二つも序文を寄せている（『文楽』『碧い目の太郎冠者』）。しかし、サイデンのほうは、川端がノーベル賞を受賞した時、ストックホルムへ同行し、受賞記念講演「美しい日本の私」を英訳し、通訳めいたことまでした。川端自身、「受賞は半分は翻訳のおかげ」と言っているのは、英語など西洋語に訳されなければ受賞できないということのほかに、川端の同じ言葉を繰り返す癖を、サイデンが修正してくれたということもあったろう。

政治的立場を明確にしたサイデン

キーンは政治的立場を曖昧にし、米国では日本のかつての軍国主義を批判したが日本では日本人受けする内容を広めていた。大江健三郎はそういうキーンの立ち回りが嫌になったのか、ある時から突然キーンとの交際を断ってしまったとキーンは言っている。

逆にサイデンは、政治的立場を明確にした人だった。サイデンは戦後の日本へ来て、反米機運があまりに強いので、それまでむしろ反感を持っていた母国の肩を持つようになったと言い、反共主義者だったが、同時に天皇制に批判的な態度もとった。サイデンは米国ではスタンフォード大学からコロンビア大学の教授になったが、日本ではカトリック系で保守的な上智大学の教授を務め、サイデンが英語で書いた著書の翻訳の多くは同僚の英文学者・安西徹雄《あんざいてつお》がやった。安西はシェイクスピアの翻訳でも知られる。上智大の英文学の教授には渡部昇一もいて、右翼的な論調で知られていたが、サイデンはこの政治的信条のせいで、いろいろ苦労した上に、没後も攻撃する人が絶えない。

「パステルナーク事件」で川端に抗議文を送る

川端が日本ペンクラブ会長を務めていた時、一九五八年に、パステルナーク事件が起こった。ノーベル文学賞が、ソ連の作家ボリス・パステルナークに授与されると発表された。『ドクトル・ジヴァゴ』で知られる作家だが、ソ連作家同盟は、この受賞を不適切だと非難し、パステルナークは辞退を余儀なくされ、不満のうちに死んだのである。というのは、

『ドクトル・ジヴァゴ』は、ロシヤ革命に翻弄されるブルジョワの知識人を描いた作で、反革命的だとされたのと、ソ連側として推したいのはのちに受賞する『静かなるドン』のショーロホフだったからである。

日本ペンクラブは、この事件に対して遺憾の意を表明したが、それがソ連への批判になっていないというので、反共の知識人らが騒ぎ始めた。当時ペンクラブの事務局長は松岡洋子という共産主義者だったためもある。さらにソ連から来訪した舞踊団を歓迎したことから、サイデンは川端に抗議文を書き、サイデンと、ヨゼフ・ロゲンドルフという上智大学教授の司祭、アイヴァン・モリスの三人がペンクラブに抗議声明を出すという騒ぎになった。竹山道雄もソ連政府を批判したのだが、それに対して加藤周一が、竹山の小説『ビルマの竪琴《たてごと》』にはビルマの風俗についていい加減なところがあると書いたので、サイデンは加藤を批判して、まったく反論になっていないと批判した。この時、元左翼の高見順が日記でやたら怒っていて、サイデンのことを、アメリカのスパイじゃないか、などと書いているが、アメリカ人がアメリカのスパイというのもおかしな話だ。

のちに五木寛之がこの事件を元ネタに「蒼ざめた馬を見よ」を書いて直木賞を受賞するのだが、実は迫害されているソ連作家というのは実在せず、すべては西側の陰謀だったという話である。ところで私は以前『ドクトル・ジヴァゴ』を読もうとして、読みにくいため途中でやめたのだが、これにはデヴィッド・リーンによる映画があって、ヒットはしたのだが、どうにも大味で大甘なロマンで、もしかしたら大した作家ではなかったのを、スウェーデン・アカデミーがソ連への嫌がらせで授賞したというのが真相ではないかと思うようになった。とすれば五木の小説も半分くらいは当たっていることになる。

天皇制批判のサイデンは、三島由紀夫も評価しなかったし、三島の最後のころの行動には、川端も困らされていたというのが実情である。もっとも三島没後の「憂国忌《ゆうこくき》」にサイデンが参加していたのは、人間関係の都合上断れなかったのだろう。

トンデモ英論文「『伊豆の踊子』のイデオロギー的翻訳・変容」

私がカナダ留学から帰国する一九九二年、ハリソン・ワトソンの「『伊豆の踊子』のイデオロギー的翻訳・変容」という英文論文を見つけた。ペンシルバニア州立大学の『比較文学研究』という雑誌に載っていたのだが、サイデンステッカーによる「伊豆の踊子」は、冷戦下、ＣＩＡのイデオロギーに合わせて翻訳がなされた（一九五五年）という論文で、サイデンが反共主義者であることから書かれた論文だと思われた。当時北米では、こんな風に何でも政治的色合いに染め上げる論文がはやっていたから、私はゲラゲラ笑っていた。

ところが、二〇二〇年八月に、日本比較文学会東北支部編『問題としての「アメリカ」―比較文学・比較文化の視点から』（晃洋書房）という論文集が出た。その冒頭に江口真規（筑波大学助教）の「川端康成『伊豆の踊子』とThe Izu Dancer ――アメリカ冷戦期文化政策と翻訳された自然」という論文が載っていて、その趣旨がワトソンの論文と同じなのだ。もちろん江口はワトソン論文にも言及しているのだが、江口論文によるとワトソンの論文は『東北学院大学英語英文学研究所紀要』（一九八九）に載ったものだから、転載されたのだろう。さらに二〇〇一年にサイデンの「伊豆の踊子その他」の英訳の書評をドナルド・リチーが書いた際、ワトソンは『ジャパンタイムズ』に同じ趣旨の意見文を載せ、リチーがサイデンに自ら問うて、政治的意図はないと返答した、とある。

この執拗にサイデンをくだらない質問で攻め立てるハリソン・ワトソンというのは何者なんであろうか。日本語ができるらしいから日本文学研究者かと思うが、ほかにはこんな論文がある「Ecology, Poetry, Buddhist Meditation ― Allen Ginsberg」（『東北学院大学論集 人間・言語・情報』）。東北学院大学の英語教師でもしていたのか。論文から推測するにべ平連崩れみたいなものであろうか。

まだこんな論文をまじめに受け取る人がいるのかと、少々驚かされた。たかが「自然描写が削られた」くらいのことにＣＩＡの陰謀を見てしまうというのは、どうかしているんじゃないか。もっとも江口は最終的には、サイデンに特段の政治的意図はなかったと言い、「伊豆の踊子」の映画化でも同じ現象は起きていたとするのだが、だとすると何のためにワトソンのバカバカしい論文を再度持ち出してきたのやら、という気持ちになる。

サイデンステッカーが反天皇制であるところから、「反米右翼」である平川祐弘《すけひろ》のような人も刺激し、平川の『アーサー・ウェイリー』では、的はずれなサイデン訳『源氏物語』批判が書かれている。平川は、サイデンの変な訳のおかげで、『源氏物語』がレイプの文学のように言われたと言うのだがそれはまったくの見当はずれで、英訳とは何の関係もない今井源衛《げんえ》も、「女の書く物語はレイプからはじまる」という論文を書いているし、平川が指摘したのは空蟬《うつせみ》のところの訳なのだが、米国では浮舟に対する強姦が問題になって論集も出ているのだから、何を錯乱したのやら、である。

川端康成とノーベル賞と三島由紀夫

二〇一九年に令和改元フィーバーがあり、二〇二〇年が三島由紀夫の没後五十年に当ったせいか、右傾・三島フィーバーのようなものが起き、川端とサイデンにも妙なとばっちりが来て、ノーベル賞は本来三島がとるべきだったという風な妙な論調も現れた。二〇一九年二月四日にＮＨＫが放送した「クローズアップ現代＋　三島由紀夫×川端康成　ノーベル賞の光と影」は、瀬戸内寂聴と宮本亞門の対談を中心に構成されていたが、川端の受賞記念の番組だと思っていたらむしろ三島が主役で、三島と親しかった女優・村松英子《えいこ》が、ノーベル賞について三島が川端から、今度は譲ってくれと言われたなどと聞いたと証言していた。しかし、そんなことはありえない。三島はわずか四十三歳で、川端のほうがずっと年長である上、ノーベル賞を決めるのは川端ではなく、ノーベル賞委員会なのだ。しかしこの番組はよほど評判が良かったらしく、ＤＶＤにまでなった。同じころ、三島が東大全共闘と公開討論したのをドキュメンタリーにした映画がヒットしていたが、この討論の音声は私の若いころ「新潮カセットブック」になって出ていたから別に目新しいものでもなかった。

　白百合女子大学教授・井上隆史が二〇二〇年十月に出し、読売文学賞とやまなし文学賞を受賞した『暴流《ぼる》の人　三島由紀夫』（平凡社）には、そこまで変なことは書いていなかったが、著者は三島の専門家で、やはり三島がノーベル賞を取るべきだったと思っているらしく、珍妙なことが書いてあった。当時の記録を調べたら、ノーベル賞委員会への推薦において、三島を推した人は少なく、サイデンステッカーはむしろ否定的なコメントを残したと、井上は憤懣《ふんまん》やるかたない調子で書き、サイデンステッカーはＣＩＡと関係があり、同性愛者でもあったから、三島を推薦して自分が同性愛者だと思われるのを恐れたのだと言い、戦後日本の欺瞞性を明らかにしてきた三島より、日本の自然の美を愛でる川端のほうがふさわしかったのだろうと書いている。

私はそもそも三島由紀夫の文学を評価しない。三島は通俗小説や戯曲や評論に腕前は示したが、肝心な純文学作品となると、観念で作り出した人工世界の空々しさが残るばかりだ。しかし、井上が三島を評価すると言うなら、それは文学の判断だからいいとして、楯の会など率いて右翼的な、ナチスを想起させる活動をしている三島がノーベル賞などもらえるわけがないではないか。サイデンは天皇制反対だから、三島を推す気になどならなかったのだろうが、井上がそのことを知らないのか知っていて知らないふりをしたのかは分からない。

もっともサイデンも、最後の著書となった『谷中、花と墓地』（みすず書房、二〇〇八）に収められた、森喜朗《よしろう》の「天皇を中心とした神の国」発言についての随筆では、天皇に触れていない。年をとって、面倒なことを言いたくなくなったのだろう。

サイデンの英訳『山の音』に誤訳が多いままの理由

ところで、サイデンステッカーの翻訳はどうかというと、私はカナダにいた時、鶴田先生の授業で扱ったせいで『山の音』の英訳を読んだが、誤訳が多いのに驚いた。「老人」の意味の「おじいさん」がグランドファザーになっていたり、「死蔵」が、持ち主が死んだ後で使われないでしまっておかれることと訳されていたりしたので、一通り誤訳リストを作ったくらいだ。不思議なのは、訳してから三十年くらい経っているのに訂正されていないことで、ひとしきり首を傾げた。『細雪』や『雪国』もこの程度に誤訳があるのだろうかと思ったが、いちいち調べてはいない。

『谷中、花と墓地』に入っている「日本人と傘」には、翻訳を始めたころあちこちから誤訳リストが送られてきたが、あまり気にとめなかったと書いてある。谷崎も自分で調べて誤訳を知らせて来たが、やめたほうがいいとサイデンがやめさせたとあり、川端からはまったくなかったとあるから、サイデンは修正する気がなかったらしい。『日本との50年戦争』（安西徹雄訳、朝日新聞社、一九九四）でも、「翻訳は何の訳に立つか」という講演が載っているが、ここでも、翻訳はできるだけ正確にと言ったあとで、日本人はなぜ誤訳を指摘するのが好きなのだろうと文句を言い、もし日本人が西洋語を訳したものを西洋人が調べたら、相当慨嘆すべき結果が出るのではないかと言っている。日本人による西洋語の翻訳の誤訳は日本人がたくさん指摘しているし、西洋人が指摘したって構わないので、それから直せばいいだけのことで、サイデンは誤訳の指摘を日本人からの悪意ある攻撃だととらえているらしい。西洋でもフランス語やイタリア語との翻訳はあり、それらの書評では誤訳が指摘されもするのだから、サイデンの感覚が特殊なのか、日本を特殊視しているのか（考えたくないが日本人を下位に見て、誤訳指摘などすべきでないと思っているのか）、このあたりは、ちょっとついていけない。

実は私はサイデンステッカーを近くで見かけたことがある。一九九九年六月だったか、ホテルオークラで三島由紀夫賞・山本周五郎賞・川端康成文学賞の授与式が行われ、当時少し売れていたために招かれて行ってきたのだが、開場を待っている間、ふと見るとそこに座っているのがサイデンステッカーだったのである。だが、当時私はサイデンの数多い著作を読んでいなかったし、遠慮して声を掛けたりはしなかった。やはり私には、面倒な人だという印象があったのだろう。

サイデンステッカーには、翻訳されていない著書が一冊ある。『三文文士永井荷風（Kafu the Scribbler)』というもので、サイデンは湯島に住んで、東京の下町が大層好きで、荷風が一番好きだったらしい。私は荷風が好きではないから読んでいないが、誰も訳さないところを見ると面白くないのだろうか。

第六章　『山の音』と『千羽鶴』

娘への愛と退廃夫人

『山の音』……鎌倉で、妻と息子夫婦と住む会社重役の信吾が、深夜に響く「山の音」に老い先と死を意識しながら、息子の嫁・菊子への淡い恋情に揺れる長篇小説。

『千羽鶴』……菊治の亡き父の愛人・太田夫人、夫人の娘・文子、同じく父の愛人だった茶の師匠・栗本ちか子、縁談相手・ゆき子と菊治の五人が絡み合う背徳と愛欲の物語。

『雪国』同様、短編で断続的に連載された二作品

戦後の五年ほど、川端は『山の音』シリーズと『千羽鶴』シリーズを雑誌に載せていた。『雪国』の時と同じ、別のタイトルで、読者がそれだけ見れば独立した短編のように見える体裁で何年か載せ続ける。川端自身、こういう書き方を、ずいぶんわがままで読者にとって迷惑この上ない、と書いている。しかし、多くの読者は単行本になってから読んだろうし、雑誌で熱心に読む読者ならそれでも差し支えなかったかもしれない。ただ川端のあ

るふてぶてしさは感じられる。伊藤整の『火の鳥』や、檀一雄《だんかずお》の『火宅《かたく》の人《ひと》』や吉行淳之介の『夕暮まで』も、同じような発表の仕方をしたもので、まあ純文学の伝統藝みたいなところがあり、今でも純文学作家の中には、文藝雑誌に隔月で連作的に小説を発表して、あとで一冊にするということも時おりある。

もっとも『雪国』の場合はあとで徹底改稿しているけれど、『山の音』と『千羽鶴』は、ほぼ発表時と同じ形であとで並べたものである。しかしどちらも完結しないうちに、『千羽鶴・山の音』として筑摩書房から刊行して『千羽鶴』が藝術院賞をとり、その後もさらに書き継いで、『山の音』のほうは完結したが、『千羽鶴』は『波千鳥《なみちどり》』の題で続きが書かれ、とうとう完結することなく、単行本に入らないのみか、そこで何を書いたか作者自身も忘れているようなものが全集にだけ入っている。

ところで、これらの作品を論じる人は、両作品の発表誌の性質が違い、『山の音』は純文学雑誌に、『千羽鶴』は中間小説雑誌に載せられたことに触れていないものが多い。「山の音」は『改造文藝』、「日まはり（のち「蟬の羽」）」は『群像』、「雲の炎」は『新潮』、「栗の実」「女の家」は『世界春秋』、「島の夢」は『改造』、「冬の桜」は『新潮』、「朝の水」は『文學界』、「夜の聲《こえ》」は『群像』、「春の鐘」は『別冊文藝春秋』、「鳥の家」

は『新潮』、「傷の後」は『別冊文藝春秋』、「都の苑」は『新潮』、「雨の中」は『改造』、「蚊の夢（のち「蚊の群」）」「蛇の卵」は『別冊文藝春秋』で、最後の「鳩の音」は「秋の魚」と改題されるが、これは『オール讀物』である。

これに対し、『千羽鶴』シリーズは、「千羽鶴」が『読物時事別冊』、「森の夕日」が『別冊文藝春秋』、「絵志野《えしの》」「母の口紅」が『小説公園』、「二重星」が『別冊文藝春秋』、「旅の別離」「父の町」「荒城の月」「新家庭」「波間」「春の目」「妻の思ひ」が『小説新潮』である。

『別冊文藝春秋』も中間小説雑誌だが、『小説公園』は川端の代作でおなじみ佐藤碧子の夫が勤めていた六興出版から出ていた中間小説誌で、誌名に「小説」がつくと中間小説誌だった時代があった。

『山の音』の「信吾」と重なる川端

『山の音』は、川端の長編小説としては最も完成度が高い。五十歳前後で脂が乗っていたということもあろう。作品の持つ魅力や衝撃度では『眠れる美女』のほうが上だろうが、完成度は『山の音』が上で、『千羽鶴』はそれに比べたら出来損ないである。川端自身、

『千羽鶴』は最初の一編だけあればいいので、あとは「甘え」だと言っている。もっとも、川端が自作を貶《けな》すのは、ほかの人が持ち上げてくれるという目算があっての上でのことである。野上弥生子は「日記」（一九五三年五月二十三日）で「川端康成の『千羽鶴』をよんで見た。これが日本の代表的な文学として、藝術院賞まで与へられてゐるのはおどろくべきことである」と呆れている。当時の藝術院賞は、与える人を決めるのが目的で、作品は適当に近作を充てるということがあった。

川端は昭和十年に上野から鎌倉へ転居したが、二年後には鎌倉内で二階堂の家へ移り、ここが現在も川端邸となっている。この裏手にあるのが甘縄《あまなわ》神社で、その山から、老いを象徴する「山の音」が聞こえてくるというのが「山の音」の題名の由来である。書き出した当時、川端は五十歳くらいだった。

当時、鎌倉には、久米正雄、里見弴、大佛《おさらぎ》次郎、中山義秀《ぎしゅう》、久保田万太郎らの文士が住み「鎌倉文士」と呼ばれて、鎌倉ペンクラブが作られていたこともあった。敗戦の少し前、人々が読む本に飢えているだろうということで、久米や川端、里見らが、不要な本を持ち寄って、貸本屋「鎌倉文庫」を始めた。場所を探すのに奔走したのは秀子だった。ほどなく敗戦になり、大同製紙という製紙会社から、鎌倉文庫を出版社にしないかという話が持ちかけられた。なおこの「大同製紙」という会社の名前は、鎌倉文庫関連でしか出てこず、のちに鎌倉文庫が廃業したあと、どうなったのかは全然分からない。

　はじめ里見が社長で久米が副社長と年齢順で決めたが、翌日里見が断って来たので、久米が社長、川端が副社長となり、東京の白木屋の二階に事務所を作り、『人間』という雑誌を創刊した。これは大正時代に里見らがやっていた雑誌名を引き継いだものだ。戦後、雨後の筍のように出版社が出来、古い小説などをどんどん復刊したので、その流れに乗ったわけだが、数年たって世の中が落ち着いてくるとそういう出版社も次々つぶれ、鎌倉文庫も人手に渡った。

　だがそのため、川端は背広を着て鎌倉から都心へ通うというサラリーマンめいた生活をしており、その経験が『山の音』の信吾の描写に生かされている。また鎌倉の家ははじめ借家だったのだが、詩人の蒲原有明《かんばらありあけ》が持ち主で、川端はそのことを知らずに借りて、敗戦後に蒲原が戻って来て一時同居を余儀なくされたというが、のちに土地家屋を買い取ることになる。

　今でも高橋源一郎が鎌倉に住んでいるが、鎌倉文士は多くはない。川端の女婿《じょせい》だった川端香男里《かおり》が鎌倉に住んでいたのはともかく、木下直之とか杉田英明とか、私の知っている東大教授で鎌倉に住んでいた人がいて、不便でなかったろうかと思う。いくら横須賀線と山手線などを乗り継げば上野あたりまで一本といっても……。

「信吾」が慈しむ息子の妻「菊子」のこと

『山の音』は一九五四年に成瀬《なるせ》巳喜男《みきお》によって映画化され、しかるべき評価を受けた。山村聰、原節子、上原謙らの出演である。尾形信吾を山村、息子の修一を上原、修一の妻・菊子が原節子で、観た人なら、「おずれ」という言葉が「緒ずれ」と「御ずれ」でどう違うか原が発音する場面を記憶しているかもしれない。

ともに東京の会社に勤める鎌倉の中産階級の尾形信吾を演じる山村は一九一〇年生まれの四十四歳、息子の修一役の上原は一九〇九年生まれで一つ年上である。信吾は、若いころ好きだった女が他人の嫁になって死んでしまって、代わりにその妹と結婚したという過去を持ち、息子の妻となった菊子に、かつての恋人の面影を重ねている。

川端はまたしても、伊藤初代や梅園龍子といったかつて好きだった女を持ち出してくるのだが、ここで重要なのは川端の養女の政子（一九三二－　）である。政子は川端の母方の従兄の黒田秀孝の三女だが、秀孝の身持ちが悪いため、妻の富江は政子を連れて別居していた。川端はそのうちから下の娘を一九四三年（昭和十八）にもらい受けて養女にしたのだが、姉の阪本昭子は数年前に『おじ様と私 川端康成回想記』（PHPエディターズ・グループ、二〇一七）という著書を出しているが、その口絵の、政子と一緒に写った写真を見て私ははっとした。政子のほうが明らかに美しいのである。実際政子は、一九五七年『それいゆ』という少女雑誌に、「結婚の条件」という短文とともに写真が載ったことがある。二十五歳の年だが、これが美貌である。それ以後、公開された写真は見たことがないが、一九六七年、当時としては晩婚の三十五歳で、ロシヤ文学者の山本香男里と結婚、山本は川端姓になった。

　親戚に美しい娘がいて、その母が夫と別居しているとか、好条件で養女にできたことは、現実をも動かす川端の魔術かとさえ思われる。『山の音』の執筆開始当初、政子はまだ十七歳だが、菊子のモデルは政子であろう（養子にはなっていない）。

ラストシーンの川端の巧みな自罰

　信吾の妻・保子は信吾より一つ上の六十三だとあるから、信吾は六十二で、五十五歳定年だった当時、会社へ通勤しているのはおかしいのだが、川端は老人を自分より十歳くらい上に描いて自分に余裕を持たせる。『眠れる美女』でもそうしている。

信吾は少年のころ、保子の姉にあこがれた。姉が死んでから、保子は姉の婚家に行つて働き、遺児を見た。献身的につとめた。保子は姉のあとに直りたかつたのだ。美男の義兄が好きでもあつたが、保子もやはり姉にあこがれてゐたのだ。同じ腹と信じられぬほど姉は美人だつた。保子には姉夫婦が理想の国の人に思はれた。

保子は姉の夫にも遺児にも調法だつたが、義兄は保子の本心を見ぬ振りした。さかんに遊んだ。保子は犠牲的な奉仕にあまんじて生きるつもりらしかつた。

保子をこのように描写するのは秀子へのいたわりだろう。生に、好きな女と結婚できず好きでもない女と結婚したとするのを避けたのである。

『山の音』には、筋があって、修一の妻の菊子を信吾は可愛がっているが、修一はどうも女と浮気をしているらしい。信吾は修一に対して怒り、菊子に同情する。そして好きだった女の面影を菊子に見出すのである。だがいつしか菊子と修一の関係は修復されるが、それは「夫婦の沼」のような形においてであり、信吾は自分が菊子の味方として戦うつもり

だったのが、実はそのような資格のない部外者であったことに気づくというものだ。最後の箇所は、

食事のあとで、修一がまつさきに立つて行つた。

信吾もうなじの凝りをもみながら立ち上つて、なんとなく座敷をのぞいて灯をつけると、

「菊子、からす瓜《うり》がさがつて来てるよ。重いからね。」と呼んだ。

瀬戸物を洗ふ音で聞えないやうだつた。


信吾の一方的な菊子への思いと正義感が軽く菊子に拒まれるのを示すという点で、川端が長編でこんなうまい結末をつけたことはほかにないくらいだ。これは、川端の巧みな自罰であり、秀子を好きでない自分を甘やかそうという試みが破れるさまを描いて、間然するところのない構成で、私小説的な発想から生じた若いころの失恋を、息子の妻で取り戻そうという思いを自ら消去するもので、見事というほかかない。

敗戦前は横光のほうが有名だったとか、果てはノーベル賞をとったので有名になったと

か言う声すらあったが、実際には文学愛好家の間では、敗戦の時点で川端は「名手」とされ、小説の魔術師と言われていたのである。

『山の音』は、敷地内の植物を信吾が庭仕事をして整理するのだが、その行為が「離れ」として人間関係の比喩になっているというのが、鶴田欣也の『山の音』論で、鶴田の代表的な仕事と言っていいだろう。

そういう自然描写を、美しいものばかりでなく、「ぎゃあっ、ぎゃあっ」という烏の鳴き声まで含めて描き出し、ほかに食べ物、菊慈童《きくじどう》の能面といったモノについての描写が豊富で、戦後の川端はそういったものを巧みにちりばめて小説を書くようになる。川端の関心事の第一は、戦後はほぼ美術品になり、能や歌舞伎を進んで観に行くことはなかったし、むしろ能の上演よりも能面に対する美術品としての関心が勝っていた趣がある。

妻「保子」との夫婦の会話のリアル

信吾には保子との間に房子という娘がいることになっている。この房子はすでに結婚しており、里子という娘もいるが、こちらも夫婦仲が悪く、里子は面倒な娘である。

もし信吾が保子の姉と結婚してゐたら、房子のやうな娘は生れなかつただらうし、
里子のやうな孫も生れなかつただらう。

といった述懐は、信吾の執着を示しているが、川端自身も、政子という養女がいる以上、将来において不安がないわけではない。政子は湘南白百合という女学校へ行ったが、あいにくあまり成績は良くなかった。卒業後は家にいて家事手伝いをしていたのか、特に何かをしていた様子はなく、三十五歳まで家にいた。

「雲の炎」に、こんな箇所がある。最初が妻のセリフである。


「一生のうちに女のひとはいろいろの髪を結ふつて、新聞に出てましたが、うまいことを言つたものですね。」

「なにに出てた？」

保子の話によると、それは近ごろ死んだ女の美人画家を、男の美人画家が弔つた文章の、書き出しの言葉である。

しかし本文はその言葉の反対で、その女画家がいろいろの髪を結はなかつたといふ

のである。その人は二十過ぎから七十五で死ぬまで、ざつと五十年、惣髪《そうはつ》の櫛巻《くしまき》で押し通してしまつた。

この「近ごろ死んだ女の美人画家」は上村松園《うえむらしょうえん》で、八月二十七日に数え七十五で死んでいる。「雲の炎」は『新潮』十月号だから、九月中に出たはずである。しかしこの間に新聞に出た追悼文は息子の上村松篁《しょうこう》のものくらいで、鏑木清方《かぶらききよかた》はもっとあとに雑誌に書いているし、いずれにせよ松園の髪型については触れていないから、松園の死にことよせて、以前に読んだ松園についての文章を紹介したものでであろうか。


「勧進帳」の幸四郎、羽左衛門、菊五郎、三人とも今は死んでゐる。

その感じやうが、信吾と修一や菊子とではちがつてゐた。

「幸四郎の弁慶を、私たち幾度見ましたかしら。」と保子は信吾に言つた。

「忘れた。」

「あなたは直ぐ、忘れただから。」

「勧進帳」の弁慶を千六百回演じたとされる七代目松本幸四郎が死んだのが一九四九年一月で、一九四三年十一月の映画に撮られた上演の時義経《よしつね》を演じた六代目尾上菊五郎が死んだのが七月、富樫《とがし》を演じた十五代目市村羽左衛門《うざえもん》は戦争中一九四五年に疎開先の長野県湯《ゆ》田《だ》中《なか》で死んでいる。川端が幸四郎の弁慶を観た記録はないので、実際何回観たか、四三年の時に観たかも分からない。そもそも戯曲が処女作で途中までは戯曲もよく書いた谷崎と違い、川端は舞踊の台本は書いているが戯曲は書いていないし、舞踊ではない芝居としての歌舞伎にはあまり関心がなかったようだ。

“天の邪恋といふやうなときめき”

信吾が夢の中で女を抱くところがある（「島の夢」）。場所は宮城県の松島であるらしい。

> 信吾は松蔭の草原で女を抱擁してゐた。おびえてかくれてゐた。連れを二人で離れて来たらしい。女は非常に若かつた。娘であつた。自分の年はわからなかつた。女と松のあひだを走つた工合《（ママ）》から考へても、信吾も若いはずだつた。娘を抱擁して、年齢の差は感じてゐなかつたやうだ。若い者がするやうにした。しかし、若返つたとも、

昔のことだとも思はなかつた。信吾は六十二歳の現在のままで二十代だといふ風だつた。そこが夢の不思議だつた。

私も夢の中では三十代か四十代くらいになったりしているが、まあそういうものだろう。

このあとに、「慈童《じどう》」と「喝食《かつしき》」の能面を預かっている話が出て来る。信吾は慈童の面を間近に見ながら、「能舞台の上の適当な遠さで最も生きて見える面が、しかし、今のやうな極端な近さでもまた最も生きたものになつたのを、信吾は面打ちの愛の秘密かと思つた。／信吾自身が天の邪恋《じやれん》といふやうなときめきを感じたからだ。しかも、人間の女よりも艶《なま》めかしかつたのは、自分の老眼のせゐもあるかと笑はうとした」。

谷崎潤一郎は『蓼喰ふ蟲』で淡路の人形浄瑠璃を出しているが、谷崎はのちに文楽否定論に近いものを書いている。美的な価値からいえば、能面のほうが浄瑠璃の人形のかしらよりもずっと上だが、川端はそのことをいくらか自負していたかもしれない。

修一の浮気相手などについて情報をもたらす会社の谷崎英子という社員がいて、修一とも親しく、愛人の絹子と、その同居相手の女も知っている。「冬の桜」で、信吾に、修一の話として、

「奥さまのことを、子供だ、子供だつて、よくおつしやつてましたわ。」

「君にか？」と信吾は声がとがつた。

「はあ、私にも絹子さんにも……。子供だから、おやぢに気に入つてゐると、おつしやつてましたわ。」

「馬鹿な。」

信吾は思はず英子を見た。

英子は少しあわてて、

「でも、このごろはおつしやいません。このごろは、奥さまのことはおつしやいませんわ。」

信吾は怒りにふるへて来さうだつた。

修一は菊子のからだのことを言つてゐたのだと、信吾は察した。

修一は新妻に娼婦をもとめてゐたのだらうか。おどろいた無知だが、そこにはまたおそろしい精神の麻痺があるやうに、信吾には思へた。

ここには「伊豆の踊子」と『雪国』がこだましている。体というより言葉遣いの問題かと思うが、修一は妻に成熟した女であることを求めており、それに怒っている信吾は、菊子が子供であることを求めているといった風情もある。

中産家庭の日常を照らす新聞記事

「夜の聲《こえ》」は一九五二年の分だが、ここには、新聞の夕刊記事からの引用として、青森県で少女の妊娠中絶が増えているというのがあり、優生保護法によるものだが、実際にこのような新聞記事は見当たらないから、何かの資料をもとに創作したものだろう。『山の音』は、川端にしては不思議に、時事問題や、普通の中産家庭で起こりそうなことがらを巧みに取り上げてあり、川端は小説が下手だと思っている私などは、佐藤碧子あたりが手伝ったのではないかと考えてしまう。

「春の鐘」冒頭に、「花時の鎌倉は仏都七百年祭で、寺の鐘が一日ぢゅう鳴つてゐた。」とあるが、仏都七百年祭は、一九五二年（昭和二十七年）四月から十月末にかけて、日蓮上人開教七〇〇年並びに鎌倉大仏建立七〇〇年を記念して行われたものだという。「春の鐘」は五二年六月の『別冊文藝春秋』である。『山の音』は四九年から断続掲載されているが、作中での時間もこれに合わせてゆるゆると進んでいるということだろうか。その前の「夜の聲」で、谷崎英子が半未亡人だと保子が言い、信吾が「半未亡人とはなんだい。」と訊き「結婚はしてゐなかつたけれど、好きな人が戦死をして。」「だつて、谷崎は戦争の時分、まだ子供ぢやないか。」「十六七にはなつてたでせう、数へ年で。忘れられない人だつて、出来ますわ。」というのも、敗戦から七年と考えたほうが筋が通るが、四年でもそうおかしくはない。

このあと、新聞記事から、日本漕艇協会副会長の高木子爵が、六十九歳で、六十八歳の妻と家出して心中したというのが話題に上っている。これは五二年四月十九日の「朝日新聞」で、「花の吉野で心中　日本漕艇協会　宮木副会長夫妻」として載っているのを使っている。宮木昌常は、早大卒の新聞記者で、娘に死に別れ、前途をはかなんで心中したという。『山の音』では養子夫妻と孫に宛てた遺書があることになっている。

「みなに愛されてゐるうちに消えたい」という遺書の文言は、のちの川端の運命を示唆するところがある。

「先達ても、六十一のおぢいさんが、小児麻痺《まひ》の十七の男の子を、聖路加《せいるか》病院に入れるつもりで、栃木から出て来て、その子を負んぶして、東京見物をさせましたが、どうしても病院へ行くのはいやだとごねられて、手拭《てぬぐい》で首を絞め殺したといふのが、新聞に出てましたでせう。」

というのは、三月二十三日「読売」に「不具殺しは父親　行末案じての凶行　自殺を思い止り自首」として出ている。戦前は東京に住んでいて戦時中栃木へ疎開した男の犯罪であった。この記事には聖路加の名前は出てこないが別のものに載ったか。

信吾はこの時、乳がかゆいと言っている。「乳の心《しん》が固くなつて、かゆくて。」と言うのだが、川端はこのあと五年くらいたっているが、珍しい男の乳がんで入院したという説がある。

このあと、与謝野晶子《よさのあきこ》の歌碑が建ったというのを観に行くが、「鎌倉や御仏《みほとけ》なれど釈迦《しやか》牟尼《むに》は美男におはす」というのを見て信吾は「やはり、（釈迦牟尼は……）となつてるね。」と言い、

「大仏は釈迦ぢやないんだよ。実は阿弥陀《あみだ》さんなんだ。まちがひだから、歌も直したが、釈迦牟尼は、で通つてる歌で、いまさら弥陀仏はとか、大仏はとか言ふのでは、調子が悪いし、仏といふ字が重なる。しかし、かうして歌碑になると、やはりまちがひだな。」

と解説する。ここでは文学者川端自身が顔を出している。

平凡な日々の中の背徳

次の「鳥の家」は、五二年十月号『新潮』の発表だから、九月初めの発売で、中に「花開く二千年前の蓮《はす》」という新聞記事が話題になっているが、これは「読売」七月十八日の「花開く2000年前のハス」をほぼそのまま写したものだ。「眼鏡をかけた、白毛まじりらしい博士が、開きかけた蓮の花茎に手を持ちそへてゐる写真も、記事の下に出てゐた。読み直すと、博士の年は六十九だつた。」とあるのは前東大教授の大賀一郎である。写真は記事の下ではなく上にある。

「都の苑」は、五三年一月号『新潮』だが、新宿御苑で菊子と待ち合わせた信吾は、

「日露戦争の凱旋将軍の歓迎会は、この御苑であつたんだよ。わたしも二十《はたち》前だつたね。田舎にゐた。」

と言うが、信吾は六十三くらいなので、その当時は二十歳前というより十五歳の少年になり、川端自身は六歳くらいになる。

「傷の後」は、信吾が八つ手を切る話から始まって、夢の話になる。女と接触しているエロティックな夢で、

「乳房は未産婦だが、未通と信吾は思つてゐなかつた。純潔のあとを指に見て、信吾はは

つとした。困つたと思つたが、さう悪いとは思はないで、
「運動選手だつたことにするんだな。」とつぶやいた。
その言ひ方におどろいて、信吾の夢はやぶれた。」

のちの「眠れる美女」にも出て来る、処女のしるしに驚くというもので、川端にはいくらかこれがオブセッションになっているようであり、それは伊藤初代が処女だったかそうでなかったかというところへつながっていくのだろう。だが信吾は、夢で交わった娘が菊子の化身ではないかと、その背徳に怯え、しかしさらに、夢で菊子を愛してもいいではないか、いやうつつで愛してもいいではないかと開き直っていく。

しかし菊子のモデルは政子であり、このころはもう政子も二十歳になっている。川端はそれくらいの背徳の思いを込めてここを書いたのであろう。

最後から二つ目の「蛇の卵」は、一九五三年十月の『別冊文藝春秋』に載ったものだが、ここには、前にも出た古い蓮の種が花開いたというのがまた新聞記事に出たという、信吾と菊子の会話が出て来る。

「お父さま、二千年前の蓮の記事が、二つも出てゐますわ。お読みになりましたの？

別にしておきました。」と言ひながら、一日分の新聞をちやぶ台にのせた。（略）

弥生《やよい》式の古代遺跡から、おほよそ二千年前の蓮の実が発見された。蓮の博士が芽を出させた。花が咲いたと、前に新聞に出てゐた。（略）

その後二度、蓮の記事が出たわけだ。その一つは、蓮博士がその蓮の根を分けて母校の東京大学の「三四郎」の池に植ゑたといふ。もう一つの記事はアメリカの話で、東北大学のなにがし博士が、満洲の泥炭層から、化石のやうになつた、蓮の実を発見して、アメリカに送つた。ワシントンの国立公園では、その実の硬変した外側をはがすと、しめした脱脂綿に包んで、ガラスのなかに入れておいた。去年、愛らしい芽をふいた。

今年は池に移し植ゑられて、つぼみを二つつけ、薄紅の花を開いた。公園課は千年乃至五万年前の種だと公表した。

「前に読んだ時も、さう思つたが、千年ないし五万年とほんたうに言つたのなら、ずゐぶん大幅な計算だね。」と信吾は笑ひながら、なほよく読むと、日本の博士は種の発見された、満洲の地層の工合（ママ）から、数万年前のものと想像してゐたさうだが、アメリカでは、種の外側の削り落したのを、炭素十四の放射能で調べて、およそ千年前のものと推測されたのだといふ。

しかし一九五三年にこのような記事が二つ続けて出たという事実はないようだ。このあたりのテキストと新聞記事との関係は、管虹《かんこう》「『山の音』におけるハスの新聞記事について」（『現代社会文化研究』二〇〇二）に詳しい。

どうもここで使われた記事は、「朝日新聞」一九五一年十二月十二日の「東・西ハス博士対面」によるところが大きいようで、大賀一郎が、来日したシカゴ大学のチェニイ博士に、検《け》見《み》川《がわ》の丸木舟の年代測定を依頼した記事だが、ほかに、大正五、六年ころ大賀が満洲で発掘し東北大に寄贈した蓮の実をチェニイが前年持ち帰り、三月に発芽させたもので五万年前のものだということも記してある。

おそらく蓮の話をもう一度出したのは、死への恐れに対して、人間も蓮のように何千年、何万年と眠っていてまたよみがえることができはしないかという希望を語ろうとしたものだろう。

最後の章は「鳩の音」の題で、今までの文藝雑誌とは違い、『オール讀物』の五四年四月号に掲載された。当時は中間小説誌の発売は、前々月の二十五日ころだったから、二月二十五日ころの発売になる。それがすぐ「秋の魚」と改題されて、四月二十日ころに完全版『山の音』が出たことになる。

『山の音』での、川端の新聞記事の使い方は、小説を書く人の参考になる。しかし『山の音』のうまさには驚く。戦前の川端の、長編小説を書けばたいてい支離滅裂になるか尻切れトンボになっていたのから考えると、いつの間にこんなにうまい小説を書くようになったのだろうと思う。

＊

〈追記〉最長長編『東京の人』と代作問題

川端が「東京新聞」などに長々と連載し、新潮文庫では分厚い三冊本になり、全集では二巻になっている『東京の人』という最長の長編がある。ここには、主人公の家に引き取られた母のいない美しい少女・弓子が登場する。私は学生時代、これを文庫の上中まで読んで、すっかり弓子が好きになってしまい、続きを読みたいと思ったが、古書店を捜しても下巻だけは見つからず、やむなく全集の一冊を買って読んだことがある。この弓子も、政子がモデルではないかという話があった。中に、弓子の父親がわりの人物が弓子をキャバレーに連れて行く場面があり、少女をキャバレーに連れて行くなどという習慣があるのかと当時驚いたが、これはけっこう異例なことだったらしい。

ところが、佐藤碧子の甥に当たる矢崎泰久が書いた『口きかん』（飛鳥新社）によると、これは佐藤碧子の代作だという。当時存命だった佐藤碧子は、それを否定したいようだったが、碧子に取材して菊池寛のことを書いていた猪瀬直樹ともども、はっきりと否定はしなかった。矢崎はその当時、碧子夫妻と同居しており、自分らの身の上に起きたことを碧子が書いていて、新聞社のバイクが原稿を取りに来たと書いている。川端は「舞姫」や「古都」も新聞連載していて、これらは、担当だった澤野久雄らが、詳しくその時の状況を書いているが、「東京の人」にはそれもない。

川端研究者の森晴雄は『川端康成と佐藤碧子』（龍書房、二〇二〇）で、碧子が手助けした作品として、『川のある下町の話』『遠い旅』『万葉姉妹』『花と小鈴』『東京の人』『女であること』を挙げている。うち、私が初めて代作と聞いたのは『川のある下町の話』である。川端全集では、「他人の協力をあふいでなつたもの」は省くとし、このうち

『遠い旅』『万葉姉妹』『花と小鈴』が省かれているが、他は入っている。最も大きいのが『東京の人』だが、森はこれを、佐藤碧子の下書きをもとに川端が書いたもので、当初は百回程度で終わらす予定だったのが伸びて二年にわたる連載になったとしている。「下書き」というのがどの程度のものなのかは、はっきりとは分からない。『東京の人』の主人公と見ていい、白井敬子は年齢が四十二か四十三となっており、森はこれを、碧子自身の、数え年と満年齢を書いたものとしている。子連れで敬子と同棲している島木俊三のモデルは碧子の夫の石井英之助で、戦前は文藝春秋社に勤務していたが、碧子と結婚し、戦後は吉川英治の弟の晋らと六興出版社を興し、吉川英治作品を出したり、中間小説誌『小説公園』を出したりしたが、経営はうまくいかず、倒産し、石井も五十代で病死した。碧子の『瀧の音　懐旧の川端康成』に、そのあたりは詳しく書いてある。

　もう一人、田部昭男という若い男も出て来るが、森はこのモデルが、石井の実弟で、碧子が結婚したあと佐藤家へ養子に入った佐藤泰治《たいじ》ではないかとしている。泰治は川端の『舞姫』などの挿絵を描いた画家だが、これも若くして死んだ。もっとも森晴雄は矢崎著は参照していないらしく、矢崎とその恋人の間に起きたことが小説に書かれた、という点はあまりはっきりしていない。

弓子は数えで十九歳となっており、島木と病気の妻・京子の子だが、敬子の息子の清は弓子が好きである。私はこの清のモデルは、山口瞳（一九二六－九五）ではないかと思う。山口瞳は戦後川端家の隣に住んでいて、瞳は政子が好きだったらしい。つまり弓子のモデルは政子であろう。

佐藤碧子は、小磯なつ子の名で自身の小説も書いており、直木賞候補になったこともある。かなり小説を書く実力はあったと見ていいだろうが、いかんせんそれが、菊池の代作、川端の代作といったレベルにとどまったのは残念というほかない。

森は、碧子の下書きを読んで川端はプロットの勉強をし、それが『古都』や『美しさと哀しみと』といったのちの長編の構築につながったと書いており、なるほどと思うが、川端は戦後すぐの『虹いくたび』でかなり成熟したプロット作りを見せている。

『東京の人』には、登場人物の一人・朝子が女優をしているので、その出演する舞台を観に行く場面がある。一つはテネシー・ウィリアムズの『欲望という名の電車』で、もう一つがジャン・アヌイの『野性の女』である。いずれも、連載中に実際に上演されており、ウィリアムズのほうは文学座の、杉村春子のブランチ、北村和夫のスタンレーだった。作中で朝子がステラに抜擢されているが、実際にステラを演じたのは文野朋子だった。

『東京の人』は、『山の音』を拡大して通俗化したような、川端的世界や少女への愛を残して展開させた優れた小説だったと思う。

『川のある下町の話』は、大田区の下町を舞台としており、これが佐藤碧子が住んでいた土地であったところから、森晴雄は関連を指摘している。下町というと葛飾区、江戸川区、江東区など東京の東側を想起する人が多いが、大田区にも下町があることは、池井戸潤の『下町ロケット』が直木賞をとって売れたことで広く知られるようになっただろう。

『千羽鶴』に出てくる退廃夫人たち

『千羽鶴』については、モデルはなく、川端が、お茶会へ行く娘さんの抱えた風呂敷包みに千羽鶴の模様があったのを見て思いついたと言っている。長々と続いた点では、最初の一編で完成していて、あとは甘えだろうとも言っている。

のち川端がノーベル賞を受賞した時、『雪国』『千羽鶴』『古都』が代表作とされたのは、ノーベル賞委員会が三点をあげたからだが、要するにこれは、藝者、お茶、京都という、西洋人のジャポニズム・イメージをなぞったものであり、むしろ『山の音』『眠れる美女』など、ジャポニズムと必ずしも関係ないものが今後は評価されるべきだろうと言われている。

「千羽鶴」は鎌倉を舞台とした背徳の物語で、三谷菊治という青年が、稲村ゆき子という令嬢と見合いをするのだが、その帰途、菊治が、亡き父の愛人だった太田夫人と、セックスしてしまい、そのあとそれを聞いた太田夫人が「そう、お見合いの帰りにねえ……」と言うという昼ドラみたいな小説である。

昼ドラといえば、私が予備校生だった一九八一年に『山の音』が昼ドラになったことがあり、「愛の陽炎《かげろう》」の題で、新藤恵美が菊子、信吾を仲谷昇、修一を中島久之がやっていた。現代に置き換えてあったし原作の香りはほとんどなかった。なお、昼ドラというのは、のち菊池寛原作の「真珠夫人」が話題になったりしたが、私が中学生のころ（一九七五―七七）、全裸の男女がからみあうような場面のある昼ドラを観た記憶があり、何だか「真珠夫人」はそういう過去を忘れて騒がれていた気がする。

「千羽鶴」の着想は、おそらく谷崎潤一郎から得たのだろう。谷崎は『細雪』の中に、芦屋の有閑夫人の退廃的な行状も入れるつもりでいたが、戦時中だったから遠慮してやめにしたと言っており、おそらくその代わりに「鴨東綺譚《おうとうきたん》」を『週刊新潮』に連載したものの、モデルとされる市田ヤエの猛抗議に遭って引っ込めたのである。川端は『細雪』についての話を聞いて思いついたのだろう。

お見合いの帰途、父の愛人だった年上の夫人とセックスしてしまう、という結局はそれだけの話で、あとは川端自身が言う通り、それをダラダラ引き延ばした作である。これが藝術院賞受賞作だというのは驚きだが、当時大佛次郎が『帰郷』で藝術院賞を受賞しており、これもかなりの通俗小説で、高見順も、再読して、どうしようもなく通俗だと日記に書いている。

日本の伝統美を背景にした退廃的性愛、という型

『千羽鶴』は、川端の変な癖が出た小説でもあり、栗本ちか子というやはり中年（といっても三十代か）の茶の師匠がエロティックな年増女として出て来るのだが、これも菊治の父の愛人だったということで、キャラクターが太田夫人とかぶっているのである。あとは見合いの相手のゆき子と、太田夫人の娘の文子も「清純な娘」としてかぶっている。太田夫人は菊治とゆき子の結婚が決まったと思い自殺してしまうが、栗本ちか子はのち心臓発

作で死んでしまう。

これは一九五三年と六九年と二度映画化されており、最初のほうがいくらかましだが、菊治は森雅之、太田夫人は木暮実千代、栗本ちか子は杉村春子である。あとのほうは平幹二朗、若尾文子、京マチ子である。

茶道のような日本の伝統的美を背景にして退廃的な性愛を描くというのは、川端の圧倒的な影響下で立原正秋が書き、さらに渡辺淳一に流れていったある種の通俗小説の型で、そういう型を創始したという意味では川端の功績だが、『千羽鶴』がまともに議論すべき小説だとはとても思えない。

のち川端は、『千羽鶴』の続き「波千鳥」のさらに続きを書くための取材と称して、九州の九重《くじゅう》連山へ行き、画家の高田力蔵の案内を受ける。作中に出て来る娘がそこの山の茶屋で働いているという設定にすると言って細かくメモをとるが、のち東京で定宿にしている福田家でそのメモが入ったカバンを盗まれたと言い、また取材に行くなどと言っていたが、台風が来て延期になり、結局続きは書かれない。私には、ただ川端は続きを書きたくなかったし、書くほどの構想もなかったのだろうと思っている。

川端がのち悪く言われる原因となったのは、こういうところにある。代作、途中での投げ出し、やる気のなさなどで、中年以後、つまり戦後になってひどくなったようだ。川端は、広島の原爆投下跡地を見て衝撃を受け、小説にしたいと言ったが書けていないし、沖縄の歴史を小説にしたいと取材にも行っているが書けていない。三島由紀夫が「中世」を書いて来た時、自分も足利義尚《よしひさ》を書いてみたいと思っている、と手紙に書いているが、結局書かなかった。本格的な歴史小説は、戦時中貧困のうちに死んだ近松秋江が『水野越前守』を書いたほどにも書けず、大がかりな取材をするものはまったく書かず、身辺に取材したメロドラマのような小説ばかりを書いて、そのほかはひたすら美術品に耽溺し、借金しても買いあさり、死んだ時には未払いの美術品を美術商が持って帰ったという。

　それでも川端は後世に残る作品を書いたのである。作家は無頼《ぶらい》の徒《と》だと、川端は言ったことがあるが、どちらかと言うと悪い意味で無頼の徒だった気もする。

第七章

『眠れる美女』と『片腕』

幻想エロティシズムの限界

『眠れる美女』……初老の「江口」が、裸形の眠れる美女たちのいる宿へ通い、ただ傍らで夜を過ごしつつ、己れの女性遍歴や死に思いを馳せる。刊行の前年から始まった連載全十七回をまとめた作品。

『片腕』……中年男性らしき「私」が「若い娘」の美しい右の片腕を借り受け、アパートで一夜を過ごす物語。連載は一九六三年スタート、全五回をまとめた中編。

文壇バー「ラモール」のヤッコらの話

川端晩年の代表作が『眠れる美女』と『片腕』で、いずれも『新潮』に連載された。これらは、世界的に評価が高まっており、ガルシア＝マルケスは前者へのオマージュとして『わが哀しき娼婦たちの思い出』を書き、書く前に大江健三郎に、『眠れる美女』のモデルに紹介してほしいと頼んだが、大江は断った。出来上がった小説を見て、大江は、紹介しなくて良かったと思ったという。また台湾の李昂《りこう》の『眠れる美男』の翻訳も二〇二〇年に出ており、これも川端オマージュらしい。川端の人気は、むしろ中華圏で高いような気がする。

戦後の川端は、五十歳を超えて、ペンクラブ会長の職を務めることが長かった。なお、日本文藝家協会というのは、菊池寛が作った職能団体で、国民健康保険の手当などをしてくれるので、文筆家が入っているが、ペンクラブは特に入ってメリットになることはなく、国際ペンクラブの日本支部という扱いで、独裁国家などの言論弾圧に抗議するといった性質を持ち、本来は政治活動はしないということがペン憲章に定められているのだが、ある時期以降、反核運動とかの政治活動を盛んにする政治団体化している。なお理事とか理事長・会長は、無給である。ではなぜ務めるかというと、ボランティア精神か、文壇での出世のためであろうか。また川端や、井上靖のあたりまでは、純文学作家が会長や文藝家協会理事長を務めていたが、その後大衆作家、具体的には直木賞作家が会長・理事長をすることが多くなり、井上ひさし、阿刀田高《あとうだたかし》、浅田次郎、出久根《でくね》達郎《たつろう》らが最近のペンクラブ会長、文藝家協会理事長で、現在は桐野夏生がペンクラブ会長、林真理子が文藝家協会理事長をしているが、多忙な人気作家がどうやって時間を捻出しているのか不思議である。

ペンクラブの会合は丸ビルで開かれ、ほかにもいろいろ会合や催しがあって、それから銀座辺のクラブへ行ったりするから、帰宅しないことも多く、紀尾井《きおい》町の定宿・福田家に泊まるということが多かった。川端は酒を飲まなかったが、酒飲みの間にいるのは平気で、一人でオレンジジュースを飲んだりしていたというが、ある種特殊な神経の持ち主だろう。それで、クラブホステスなどと親しくなることも多かったが、その一人で、ラモールのヤッコというのが、『眠れる美女』のモデルだという。

最近刊行された『伊藤整日記』の第七巻の、一九六六年六月二十三日に、伊藤がペンクラブの立野信之から聞いた話としてこんなことが書いてある。「川端はラモールのあの少女風の女のために三百万円でアパート（マンション＝小谷野注）を（自己名）で買って入れておいたが、女は電燈料も払わずに立ち去った由。川端が今春入院中のことならん。川端が三百万円を細君に内緒で佐佐木茂索から借りたらしいが、細君は神がかり的に鋭く、それを観破《（ママ）》して金を返却したあとでそのことを立野に語った由。女の件よりも薬（睡眠薬＝小谷野注）を使うことを細君も佐佐木も心配しているという。南本女史（ペンクラブの事務員か＝小谷野注）も一時バラミンという薬を買うことを川端にたのまれ、一月分は買ったが、次のときそれが劇しい薬と知って断ったところ、川端にひどく叱られたという。昨年秋頃から川端は大分乱れていた模様である。年にしては元気なことと立野と語る」とある。

川端が死んだ時、『新潮』が特集の臨時増刊号を出したのだが、そこに五味《ごみ》康祐《やすすけ》の「魔界」という小説が載った。ところがこれが、川端を批判する、いや誹謗中傷に近い小説なのである。のち七七年に臼井《うすい》吉見《よしみ》が『事故のてんまつ』を出して、川端が若いお手伝いの女性をかわいがったということを示唆した（川端の名前は出てこない）のに対して川端家が抗議し、訴訟にまで至って絶版とし和解した際に、臼井側は、なぜ五味康祐のはいいのかと問うたが、川端家では、五味は無頼作家だからその書くことを世間は信用しないが、臼井はそうではないからと答えた。今でも川端家とつながりのある論者は臼井のことを悪く言うが、そもそも五味はここで「仏界入《ぶっかいい》り易《やす》く、魔界入り難し。」という一休の言葉を引いていて、「魔界」は今なおひどく安直に川端論のキーワードに使われているのは不思議である。

五味の「魔界」は、新学社の「近代浪漫派文庫　今東光《こんとうこう》／五味康祐」に入っていて、太宰治の口調で川端を批判するもので、冒頭は、

ほんとうのことを言おうか。知っているのだ。睡眠薬のこと、あの女のこと、たと

えようもない淋しさ、無常感、人間嫌い、無頼へのアコガレ——実は憎悪。無頼への、限りない憎悪。

さらに、川端が文壇政治が巧みだったから、悪く批評されたことがほとんどない、と書き、その文章の拙劣さを指摘している。そして、『眠れる美女』は自分がモデルだと信じている女——川端の愛人——の話をする。

川端さん。

一休にあなたが心情を托しても相手には通じない。さういふ女ぢやないんだよ。いいかね、愛の書簡は金で買ひ戻せたにしても、それで引き退る子ぢやない。あの子は、入墨をすると言ひ出してゐるんだ。

《康成いのち》

と二の腕に彫ると言ひ出した。

やりかねない子だ。昔から、夫人のことを罵りつづけ、『あんな悪い女房ってあるもんですか、あれでは先生が可哀さうだわよ、ほんとよ』

編集者の誰彼つかまへては喚《わめ》いた子だ。（略）
『ノーベル賞作家のあたしは恋人だつたのよ、これが証拠よ、見てごらん』
そんなことになつたらどうなさる。《眠れる美女》や《片腕》の自分はモデルと思ひこんでゐる子だ。モデルなど実際ゐやしないしそれらしい女性がゐたとしても、彼女ではないこと当人は知らない。

五味の言うような女がいたのかどうかは分からないが、『眠れる美女』のモデルは確かにいたので、川端家側としては、五味は事実を把握していない、と感じたのかもしれない。それに対して、臼井は事実を把握していると感じていたことが、秀子の当時の発言からも分かる（詳細は私の『現代文学論争』筑摩選書に詳しい）。

実際のモデルだった、川端の恋人だったのは、それがヤッコかどうかは分からないが、のち中央公論社で、文藝雑誌『海』の編集長を務め、若くして白血病で死んだ塙嘉彦《はなわよしひこ》（一九三五－八〇）の妻になった人である。塙は東大仏文科で大江健三郎の同期の友人で、『海』編集長になった際、大江の助言で筒井康隆に書かせ、筒井が純文学に参入するきっかけを作っている。大江の「「雨の木《レイン・ツリー》」を聴く女たち」（一九八一）は、斎木正彰というテレビプロデューサーという設定にされた塙の葬儀を、この女性を中心として描いており、そこで大江自身と思しい作家は盛んに「国際作家」と呼ばれているのだが、まだ大江のノーベル賞受賞は先のこと（一九九四年）である。そこへ、

　斎木の女房はまだ魅力的かね？　……いや、おれは特別きみに皮肉をいうのじゃないよ。もっと一般的な意味で、彼女は噂の高かった女だろう？　おれが税関で世話をしたカメラマンも、彼女がつとめていたバーに行ったことがあるそうだ。彼女はね、きみとちがってな、これはそれこそきわめつけの、国際作家の femme fatale だったともいうじゃないか？

という友人からの茶々が入る。「きわめつけの国際作家」がもちろん川端である。この小説のため大江は塙夫人と絶縁されたということが、『筒井康隆全集』に大江が書いた解説に書いてあり、さらに私は川端が睡眠薬中毒に罹った時、治療に当たり、のち『川端康成　精神医学者による作品分析』（中公文庫）を書いた栗原雅直（一九三〇－　）にこの件について話を聞いた。

もちろん『眠れる美女』に出て来る、眠っている娘を全裸で添い寝させる店というのは架空のもので、川端が、ヤッコだか誰だかそういう女に睡眠薬を飲ませて遊んだということである。

当時、川端と同じ睡眠薬中毒に罹っていたのが直木賞作家の有馬頼義《よりちか》（一九一八－八〇）で、そのため有馬は川端の自殺のあと、自分も自殺をはかったが一命はとりとめている。有馬はその前に、中央公論社の記者だった澤地久枝（一九三〇－　）と不倫事件を起こし、そのため澤地は離婚して会社も辞め、五味川純平の助手をへて『妻たちの二・二六事件』を書いて評価され、ノンフィクション作家として自立した。大江が『婦人公論』に「夜よゆるやかに歩め」という通俗小説を連載した時に担当だったのが澤地である。

自分を繰り返し慰める「江口老人」

『眠れる美女』は、中編程度の長さで、四百字詰め原稿用紙で一八七枚くらいになる。しかるに川端は、一九六〇年の一月号から六月号、一九六一年の一月号から十一月号の『新潮』に十七回にわたって連載しており、つまり一回分が平均して十枚強だったことになり、文藝誌の二段組では、一回分が二ページから三ページしかないことになる。多忙だったせいか、ちまちまちまちま書いていったことになる。

実は私は十年以上前に再読した時、文章があまり良くないのに驚いた。


たちの悪いいたづらはなさらないで下さいませよ、眠つてゐる女の子の口に指を入れようとなさつたりすることもいけませんよ、と宿の女は江口老人に念を押した。

二階は江口が女と話してゐる八畳と隣りの——おそらくは寝部屋の二間しかなく、見たところ狭い下にも客間などなささうで、宿とは言へまい。宿屋の看板は出してゐない。またこの家の秘密は、そんなものを出せぬだらう。家のなかは物音もしない。鍵のかかつた門に江口老人を出迎へてから今も話してる女しか、人を見かけなかつたが、それがこの家のあるじなのか、使はれてゐる女なのか、はじめての江口にはわかりかねた。とにかく客の方からはよけいなことを問ひかけないのがよささうである。

女は四十半ばぐらゐの小柄で、声が若く、わざとのやうにゆるやかなものいひだつた。薄い脣を開かぬほどに動かせ、相手の顔をあまり見ない。黒の濃いひとみに相手の警戒心をゆるめる色があるばかりでなく、女の方にも警戒心のなささうな、ものなれた落ちつきがあつた。

このあたりは、音読してみると、うまい文章とは言えない。「伊豆の踊子」の引き締まった感じが失われていて、「話してる女」という無造作な表現に、「警戒心」が二度出て来るあたりが悪い癖だ。

もっとも、文章のこの程度のしまりのなさは、戦後の川端には珍しいことではなく、『みづうみ』もこんな感じだ。『山の音』あたりが例外的なのである。

スーザン・ソンタグが、『反解釈』の中で、内容と文章を分けることはできない、と書いたため、それからしばしば、その影響を受けたと思しい発言に遭遇したものだが、ソンタグの言っていることは、大正時代に里見弴が主張して、菊池寛に論破されたもので、里見は要するに「詩」ないし、詩的散文について言っており、菊池は「散文藝術」においては、文章と内容は分けることができる、と主張したので、これは菊池が正しい。このことは、文学論争において時どき起こる、詩と散文の勘違いである。ロシア・フォルマリズムというのは詩についての理論で、小説にはかなり当てはまらないのだが、そこを無理する人が出てきたりする。

『眠れる美女』の主人公は江口由夫という、六十七歳になる老人だが、当時川端は六十歳くらいだから、自分より年上に描いている。江口自身は、眠れる美女の宿を利用する、自分より年上の（七十代の）老人は、もう男ではないのだろう（勃起しないのだろう）と考えて、自分はまだそれほど年よりではない、と繰り返し自分を慰めているが、すると川端はさらに自分を慰めていることになる。同じころ、谷崎潤一郎も『瘋癲《ふうてん》老人日記』で「老人の性」を描いたが、谷崎のはほぼ事実をなぞって描いているから、そういう操作はない。のち、筒井康隆も、六十四歳の年に、七十五歳の老人を描いた『敵』を出しており、自分より年かさに設定している。自分と同じくらいの老人を描くことは勇気のいることで、大江健三郎や村上春樹は、老いを描いてはいない。

　川端や谷崎以後、西洋でも「老人の性」を描く小説は出て来た。フィリップ・ロスの『ダイング・アニマル』などだ。もっとも、それほど特に優れた作品は出ていないようだ。

「江口」という老人の名は、謡曲「江口」から取られているというのが定説である。江口は淀川のあたりの、平安後期に遊女が参集していた場所の一つで、西行法師か聖空《しょうくう》上人の前に現れた遊女が、象に乗った普賢菩薩《ふげんぼさつ》に変わるという霊験譚《れいげんたん》で、娼婦の聖性を示しているという。「遊女や妖婦が仏の化身だったといふ話もあるではないか」という文もある。有吉佐和子にも「江口の里」という短篇があるが、これは歴史ものではなく、現代におけるカトリックのミサに、坂井さと子という藝者が参加しているのが人々の口の端《は》に上るが、グノー神父は坂井さと子が「時雨西行《しぐれさいぎよう》」で江口の遊女を演じるのを観に行って恍惚となるという話だ。

「江口老人」に甘い川端、六人の眠れる美女たち

『眠れる美女』は、江口老人が五度、眠れる美女の宿へ通い、昔の愛人のことなどを思い出すという構成である。江口には三人の娘がいて、彼女らが生んだ孫が何人もいることになっているが、執筆当時は、政子も嫁入っておらず、川端には孫はいない。北陸から京都へ駆け落ちした女とか、江口をかわいがった夫人とかも出て来るが、川端自身は、伊藤初代以来、水商売の女以外との関係はなく、『雪国』の島村の時と同じに、川端より色男に江口は描かれている。

「夜が用意してくれるもの、蟇《がま》、黒犬、水死人のたぐひ」と、癌で死んだ女歌人が書いた、というのがはじめの方で引用されているが、これは中城《なかじよう》ふみ子で、川端は中城と、その編集者の中井英夫の依頼を受けて、歌集『花の原型』に序文を書いている。

「びろうどのかあてん」という言葉が何度も出て来るが、「びろうど」はともかく「かあ

てん」は一般的な表記ではないが、これ以前に吉川幸次郎訳の『水滸《すいこ》伝《でん》』が岩波文庫で第六巻まで出ており、そこで吉川は「ぼおい」「てえぶる」といった表記をしているから、岩波文庫の赤帯が好きなのではないかと思われる川端は、そこから思いついたのではなかろうか。

「その二」で江口は、最初の時から半月ほどあと、また「眠れる美女」の宿を訪れる。今度は違う娘だったので驚くが、老いて男として機能しない老人たちが屈辱を味わわせられていると感じる江口は、規則を破って、眠っている娘を犯そうとするが、「明らかなきむすめのしるし」に驚く。

「明らかなきむすめのしるし」などというのがあるかどうかは疑わしい。かつては、初めての性交では出血すると言われたが、しない場合もある。一般的な性交では潤滑液が出たあとだからスムーズに入るので、眠っていたらそれはないわけだから、ペニスが入りにくいだけで処女だとは言えない。

江口はそこから、末の娘のことを思い出す。陽気で男友達も多かった末の娘は、男の一人に処女を奪われ、母親に打ち明けるが、二人の男が激しく娘を争っていて、娘は処女を奪ったのではない男と結婚してしまう。この話は川端の想像だが、三人娘の末っ子だから、これは『源氏物語』の「宇治十帖」の浮舟《うきふね》の話を現代化したものである。

男が女に挿入して、処女であることに驚くという場面は『とりかへばや物語』にあるし、『源氏』でも、若紫や、女三宮《おんなさんのみや》と柏木《かしわぎ》のように、処女強姦ということが描かれている（柏木がショックを受けたのは女三宮が処女だったからだと私は考えている）。

平安時代に比べると、徳川時代には処女ということを考えた作家は、馬琴《ばきん》くらいだった。だから北村透谷が「処女の純潔を論ず」で馬琴と伏姫《ふせひめ》に触れたわけである。川端は、これについては感傷的に溺れる傾向がある。

「その三」ではまた別の女、見習いだという女がつく。江口はこの時は、神戸で、外国人の日本人妻と不倫をしたことを思い出すが、それが江口が六十四歳の時で、女は二十四から二十七くらいだったという。夫はシンガポールへ往来しているから、華僑かもしれない。この逸話はちょっと不思議で、執筆時点の川端より年上の江口の不倫話なのである。川端は、よほど江口老人を、性的魅力において優った人物として甘やかして描きたい気持ちがあるらしい。それから、十四歳の少女娼婦を心ならずも買った話がついている。

「その四」は、箸休めのような章で、見習いの娘というのが出て来る。「その五」では、福良専務という老人がこの宿で遊び中に心臓発作で急死し、温泉宿へ連れていかれたという話を聞きつけた江口が、女主人にその話をして、この宿ももう長くないだろうと言う。その日は、色の黒い娘ともう一人、大柄な娘を脇に、江口は十七歳の時に死んだ母が、自分にとっての最初の女だと、奇怪なことを思いめぐらしている。すると、色の黒い娘が死んでいることに気づき、慌てて女主人を呼ぶ。女主人は顔色を変えつつ「娘ももう一人おりますでせう」と言って江口を愕然とさせる。

高校時代は大人のエロティシズムを感じて読んでいた

私がこの作品を読んだのは高校二年の時で、当時は自分も童貞だし、大人の世界のエロティシズムにわくわくしながら読んだと言うほかないだろう。今読むと、なんだか「マウントのとりあい」をしているみたいに見える。江口は、宿の女主人が、老人たちを侮辱していると考え、それへの復讐として規約を破ろうとし、「きむすめのしるし」に驚いたりするし、福良という老人が死んだという裏情報を仕入れてやってきて、女主人をおどかそうとする。だが添い寝の娘が死んだことで自分が驚かされ、さらに女主人の「もう一人おりますでしょう」という言葉にとどめを刺される。江口と女主人がマウントをとりあう小説に見える。

それはことさら変な読み方でもなく、『雪国』で温泉藝者の名器をめぐって堪能した男が、後年、勃起するか、女とやれるかという男のアイデンティティをめぐって、もしかしたら駒子の後身かもしれない女主人とやりあう滑稽譚《ファルス》としてこの一編を読むことは可能であろうが、ちょっとフェミニズムに媚びすぎている気もする。ただ実際には「魔界」などと言うほど恰好いいものではない。

『眠れる美女』は、二度映画化されている。一度目は一九六八年一月、ノーベル賞受賞より前に、新藤兼人の脚本、吉村公三郎監督で、田村高廣、香山美子《よしこ》主演のものだ。二度目は一九九五年、石堂淑朗《としろう》脚本、横山博人の監督で、原田芳雄、大西結花《ゆか》が主演し、『山の音』と合体させる形での映画化だったが、私はこれが存外気に入っている。『山の音』との合体なので、嫁の菊子を演じる大西結花が眠れる美女になるという背徳的映画だが、清純派と見られる大西が意外に面白くこの女を演じていた。二〇二二年には、これをモチーフとして小宮孝泰が主演した「桃源郷的娘」が封切られた。

「片腕を貸す」はむろんセックスの比喩

「片腕」は、幻想文学の傑作とされている。私は、『眠れる美女』に続いて「片腕」を読んで、興奮した。高校生の私は当然のごとく、小説を読んではやたら興奮していた。とはいえ、高校二年の春は、野間宏や島崎藤村を読んで、藤村の『破戒』以外はとても退屈でげんなりしていたから、川端を読むようになってこちらに夢中になっていた。

『幻想文学』という雑誌の創刊号を書店で見つけてそれから毎号買うようになり、ホフマンの『黄金の壺』とか石川淳の『紫《し》苑《おん》物語』とかを読み、『幻想文学』で紹介されている中井英夫とか、そのころ岩波文庫で出たゴーチェとかも読んだが、結局「片腕」に匹敵する作品といえたのは、鏡花の『草迷宮』や『春昼《しゅんちゅう》』と、幸田露伴の「幻談」「観画《かんが》談《だん》」で、後者を編集した川村二郎を尊敬したりしていた。だが全体として、幻想文学というジャンルに、私はあまり満足することはできなかった。

「片腕」も、『眠れる美女』と同じく『新潮』に連載された。一九六三年八月号から翌年一月号までで、やはり分量の割に長く連載されている。三島由紀夫はその第一回を読んで読み切りだと思い、見事な終わりだと思ったということが新潮文庫『眠れる美女』の解説に書いてある。

男と女が出て来て、女は三十代くらいの感じがし、男は『眠れる美女』や川端自身の連想から老人のような気がするが、年齢に触れた文はなく、中年と見ておくべきだろう。いきなり女が片腕を貸すというきなり感が重要だが、片腕を貸すというアイディア自体は、芝全交《しばぜんこう》の傑作黄表紙「大悲千禄本《だいひのせんろつぽん》」で、清水寺の本尊千手《せんじゆ》観音が、不景気のため山師の手を借りて千本の手を損料貸しに出すという荒唐無稽な筋だが、傑作と言って差し支えない。しいて川端が読んだ可能性のある刊本を探すなら、昭和十年ころに講談社から出た「評釈江戸文学叢書《そうしよ》」に入っている。

むろんこの作では、セックスの比喩として片腕を貸すということが描かれている。また、聖書からの引用が二か所あって、

「(イエスは涙をお流しになりました。《ああ、なんと、彼女を愛しておいでになつたことか。》とユダヤ人たちは言ひました。)」

とあるのはラザロの死のところで「彼」を「彼女」に変えてあるし、

(女よ、なぜ泣いてゐるのか。誰をさがしてゐるのか。)

という、イエスが死んだあとの発話も出て来る。いずれも「ヨハネの福音書」からだが、後者で話しかけられているのはマグダラのマリアで、これは娼婦だという説が一般的だったから、川端としてはそれを示唆していたのだろう。

男は自宅へ帰って女の片腕と話をし、自分の腕とつけかえたりするが、男は、色が見えると言い、

「薄むらさきの光りだね、ぼうつとした……。その薄むらさきのなかに、赤や金《きん》の粟粒のやうに小さい輪が、くるくるたくさん飛んでゐた。」

と言うが、これは戦後「朝日新聞」に連載した『舞姫』で、ヒロインの波子が、セックスの際に、「金の輪が、くるくる見えるのよ。目のなかが、ぱあつと真赤な色になつたわ」とあるのを少し変えただけだろうが、これは元の原稿はもっと激しい描写になっており、『チャタレイ夫人の恋人』が摘発されたあとなので新聞側が難色を示し、担当の澤野久雄が粘って書き換えさせたといういわくつきのものだ。

筒井康隆は「片腕」に感銘を受けて、こんなシュールレアリスムができるのかと思って「ヨッパ谷への降下」を書き、川端康成文学賞を受賞したのだが、「ヨッパ谷への降下」は、聖書と関係があるようだが、エロティックなところはないし、私には何が言いたいのか、なぜ評価されているのかも分からない、不思議な小説である。

現代の小説家・乗代《のりしろ》雄介《ゆうすけ》は、『本物の読書家』という小説で、「片腕」を自分の叔父が代作したという話を聞いた青年が電車に乗って茨城県へ向かいその真相を追求するという話を書いている。「片腕」に代作説はないし、結論としても代作ではないので、乗代が「片腕」が好きなので使ったものかもしれない。

しかし、四十二年をへだてて「片腕」を読んだ感じから言うと、あまりこれは二度、三度と読む小説ではないだろう。推理小説で、結末・犯人を知ってしまうともう読めないということが言われるが、推理小説ではなくても、複数回読むに耐える小説とそうでない小説はあり、それは必ずしも小説の価値を意味しないと思う。「片腕」は、読み始めていきなり女が片腕を外して貸すという驚きが重要なので、それを知ってしまうと二度は読めないと言える。

「片腕」においても、川端は売春のイメージを用いている。結局、「伊豆の踊子」や「浅草紅団」から「雪国」をへて「眠れる美女」「片腕」と、川端はしばしば、藝者や娼婦を使った小説を書いて来たのであり、それは現代において、少しずつ時代遅れになってきているという感じは否めない。

第八章　『古都』と新聞小説

清純路線は踏み外さず

『古都』……京都の老舗呉服問屋の一人娘「千重子」と、身分違いの双子の妹「苗子」との数奇な出会いと別れの物語。「朝日新聞」に一九六一年から連載された新聞小説。

大衆向けの新聞連載で「純文学」たりうるか

『古都』は一九六一年十月から「朝日新聞」に連載された。川端の新聞連載は短いものもあり、初期にはマイナーな新聞へのものもあるが、

一九二七年　「海の火祭」中外商業新報
一九二九－三〇　「浅草紅団」東京朝日新聞
一九三二　「化粧と口紅」東京朝日新聞
一九三五　「舞姫の暦」福岡日日新聞

一九三六－三七　「女性開眼」報知新聞
一九三八　「本因坊名人引退碁観戦記」大阪毎日・東京日日新聞
一九四三　「東海道」満洲日日新聞
一九五〇－五一　「舞姫」朝日新聞
一九五三　「呉清源棋談」読売新聞
一九五四－五五　「東京の人」中日新聞（東京新聞）・北海道新聞・西日本新聞の三社
　連合に連載
一九五六　「女であること」朝日新聞
一九六一－六二　「古都」朝日新聞

とある。中には囲碁に関する実録ものが二点あり、代作もあり、当時単行本にもならなかった失敗作が「海の火祭」「舞姫の暦」「東海道」と三作もある。

そもそも、新聞連載小説が「純文学」たりうるかというのは大きな問題で、確かに明治大正から戦前期に、夏目漱石、島崎藤村、田山花《か》袋《たい》、谷崎潤一郎、芥川龍之介、永井荷風らが新聞連載を書いているが、新聞連載小説の主流は、戦前期には菊池幽芳《ゆうほう》の「乳姉妹《ちきょうだい》」

や尾崎紅葉の「金色夜叉《こんじきやしゃ》」、徳富蘆花の「不如帰《ほととぎす》」、菊池寛の「真珠夫人」のような、女性読者向けのメロドラマ小説か、塚原渋柿園《じゅうしえん》や村上浪六《なみろく》から、吉川英治、直木三十五らの時代・歴史小説が主流であった。

　漱石の場合は、当時そもそも純文学と見なさない者すらあったが、逆に森鷗外も新聞によく書き、史伝三部作として評価は高いがあまり読む人のいない「渋江抽斎《しぶえちゅうさい》」「北条霞《か》亭《てい》」「伊沢蘭軒《いざわらんけん》」などは、東京日日・大阪毎日新聞に連載されたのだから驚きで、だがさすがに読者には不評で、連載が終わっても鷗外の死後まで単行本にもならなかった。長塚節《たかし》の「土」なども、漱石の推薦で「東京朝日新聞」に連載されたが、読者には不評だった。

　しかし、純文学作家として出発したが、中間的な小説も書ける作家らが、戦前から戦後にかけて現れ、新聞小説の主流は彼らの作品になる。最も点数が多かったのは井上靖で、丹羽文雄、舟橋聖一、石坂洋次郎らが常連となる。一九六〇年代からは、松本清張、吉村昭、司馬遼太郎、渡辺淳一らが主要な新聞小説作家となる。純文学作家も、生計が苦しいので、新聞小説で補いをつけることがあった。大岡昇平は「事件」や「天誅組」を連載したし、中村真一郎、果ては私小説作家の尾崎一雄まで、「とんでもない」という新聞連載を「産経新聞」にしたことがあるが（一九六一年）、やはりうまくいかなかったのか、単行本になっていない。中上健次も「鳳仙花《ほうせんか》」と「軽蔑」を連載しているが、大江健三郎はノーベル賞受賞後、「読売新聞」土曜版に「二百年の子供」を連載したほかは書いていないし、古井由吉《よしきち》や河野多恵子、金井美恵子も新聞小説は書いていない。

ド通俗を避け、双子の美しい娘を描く

「毎日新聞」は、戦前においては、大阪毎日新聞が東京に進出した際、「東京毎日新聞」というのが先にあったため、東京日日新聞として発足したので、合併して「毎日新聞」になるまでは大毎東日《だいまいとうにち》といわれた。これに谷崎潤一郎が「蓼喰ふ蟲」を連載した時は大変休載が多かったが、戦後はそんなに休載させるわけにいかないので、おそらく前もってかなりの分量を書かせておくとか、工夫がされているはずである。

しかし戦後の川端の「東京の人」「女であること」は佐藤碧子の協力を得ているが、「舞姫」はなぜ連載できたのか、ちょっと謎である。だが「古都」は難航したようで、当時の担当記者だった宮下展夫《のぶお》（『遠い雲遠い海』かまくら春秋社）や澤野久雄によれば、京都を舞台に双子の娘を出すことまでは決まったがそのほかの筋が決まらず、ついに澤野を呼んで相談し、北山杉を見せてもらってようやく着手できたという。

川端は当時、重度の睡眠薬中毒だった。当時使われていたのはバルビツール系の依存度の高い睡眠薬で、やめると意識を失ったり痙攣したりする。実際、連載が終わってから、川端は服用をやめたのだが、そのために意識障害が起こって入院することになった。一応の回復はしたことになっているが実際は治っておらず、最後に自殺したのも睡眠薬の悩みだったとも言われている。

『古都』も、うつつない状態で書いていたため、あとで見ると意味の通らないところもあったりして直したそうである。連載の修正については、髙根沢紀子「『古都』校異」（『文藝空間』一九九二年四月）に詳しい。それでもこの小説は、筋がないという批判に見舞われてきた。だが三回も映画化され、何度もドラマ化されているのは、やはり京都の文化財的なものを撮影すると映えるからであろうか。映画は最初が岩下志麻、二回目が山口百恵、三度目が松雪泰子で、いずれも一人二役である。

筋がないというのも、ある程度は川端の意向ではないかと思えるのは、お互いを知らない双子の美しい娘という設定を使えば、取り違えの喜劇や悲劇はこしらえることができるからで、それを強く打ち出していくと、通俗小説になってしまうから、そういう手段を使わないで書こうとした結果とも言えるのである。

担当編集者だった進藤純孝は、のちに書いた川端の初の伝記で、戦後の川端は多くの通俗小説を書くことになったと残念そうに書いているが、実をいえば、川端はもっと毒々しい通俗小説を書くことを懸命に避けていたともいえるのである。小島政二郎《まさじろう》は、戦前、記者に言われるままに「人妻椿《ひとづまつばき》」というようなド通俗小説を書いて、人気もあったし売れもしたが、顔が赤くなるようなものだったと戦後のやはり新聞連載自伝小説『甘肌』に書いているが、川端はそういう小説は書かなかったのである。それはおそらく川端が、菊池寛と久米正雄が、ド通俗小説を量産して資産をなしたが、世間の作家としての評価は下がったまま死んで行ったのを見ていたからであろう。特に久米のほうはひどかったと、久米の通俗小説を全部読んだ私は断言できる。

とはいえ、戦前の通俗小説のような「ド通俗」は、戦後には少なくなったから、必ずしも川端の努力だけではないが、これだけ多量の小説を、ド通俗にしないで産出するというのも、どうやっているのか気になるところである。

さらに、『古都』は、祇園を描いたり、エロティシズムを出したりしておらず、一貫して清純路線で、あまり川端らしくはない。その点でも苦労しただろうが、そうまでしてそういう小説にしたのは、新聞側の意向なのか、それとも川端自身が、そのような作品にしたいと考えたのか、それも分からない。だが結局、そういう清純派作品にしたために、その後くりかえしドラマ化される小説になったとも言える。もっとも、外国人が日本観光をする際、京都では「祇園」の「舞妓」が目玉になったりするので、必ずしも『古都』はそういう需要に応えた京都小説にはなっていない。

第九章

『天授の子』と政子もの

ちりばめられた慕情

『天授の子』……養女「民子」の実母が危篤の電報を受けた「私（定家）」が、出先の広島から大阪へ駆けつけ、「民子」ら親族、関係者が一堂に会するさまが描かれた私小説。

多くの小説でモデルとなった美しき養女・政子

一九四三年、戦争の最中に、川端は従兄黒田秀孝の三女・政子を養女として引き取った。秀孝が藝者遊びなどにうつつを抜かし、妻の富江が政子だけを連れて家を出てしまい、もらってくれと川端に頼んできたからだという。「私は時子（実名は富江）から民子（政子）の写真帖を見せられたが、私たち夫婦の写真が貼つてあつた。文学雑誌の口絵から切り取つたものである。民子が幼いころからこの写真を見せて、お前はこの叔父さん叔母さんにもらはれて行くのだと、時子は言ひ聞かせてゐたのださうだ」（「天授の子」）。政子は姉妹中でも特に美少女なので、川端が望んだのかと思うが、実際はそういう経緯で、だが富江の側でも、政子なら川端がかわいがってくれるだろうと、川端の好みを忖度するということもあったかもしれないし、そういう美少女を引き寄せるのも、川端の才能の一つかもしれない。

川端はそのあと、政子をモデルにした私小説やモデル小説をいくつか書いている。新潮文庫で一九九九年六月に出た『天授の子』の表題作も、中に入った「故園」もそうで、「故園」は政子を養女にしてほどなく、つまり戦時中に書いて『文藝』に連載した。『文藝』は改造社から出ていた雑誌だが、途中で休刊になり、農業の本などを出していた河出書房が野田宇太郎を編集長として引き受けて復刊したので、続けて載ったが、敗戦のため「故園」は未完に終わった。その続きは全集に載っているが、それでも未完である。

「天授の子」は戦後昭和二十四年に、政子の実母が危篤だと聞いて、広島の原爆跡を見ていた川端が大阪へ駆けつけ、鎌倉から秀子と政子も来て関係者が一堂に会するさまを描いたやはり私小説である。ところで私は新潮文庫の『天授の子』を、刊行されてすぐ買っている。当時私は川端関係の仕事はあまりしていなかったが、関心はあったんだなとちょっと驚いた。なおこの『天授の子』の単行本は一九七五年、川端の没後に出たもので、私は『川端康成伝』で、政子や秀子を出したから彼女らから苦情が出たのかと書いたが、それなら川端の没後出るのもおかしいので、川端自身が遠慮して単行本にしなかったのだろう。

私が門口をあけるなり、えらい足音で駈け出して来た子供は、怒つて顔を真赤にして、

「おそいなあツ。」

と叫ぶと、両手の握りこぶしを肩まで振りあげて、私をなぐるやうに抱きついた。走つて来た勢ひで、玄関の上から下の私をなぐらうとしたから、子供はたたきに落ちて、私に抱きついたわけだが、私の体に感じたのは、なぐるやうにして抱きついた子供であつた。

私は少しよろけて、

「ごめん、ごめん、おそくなつてごめん。」

と、真剣に詫びながら、子供の肩を抱いた。子供は私の胸で、いつときじつとして、呼吸を静めた。十二歳の女の子だ。

これが、政子の登場である。これが小説の書き出しであれば、うまいなあと思うところ

だが、実はこれは書き出しではなく、川端はこの前に延々と、私小説を書くのがいかに嫌で、嫌なので自分を実際より悪く書くなどと愚痴めいたものを並べている。このあたりには、戦時下の川端の異常な神経がむきだしになっているともいえる。伊藤初代ものや「伊豆の踊子」などの私小説はあるし、実体験をもとにした小説もあることはあるのだが、この場合、養女となった政子を描くということに罪悪感を覚えていたのだろう。

> 五つの年から母親ひとりに育てられて来た子供が、その母親と別れて、私共の子供になつてもいいと、子供自身でもきめたといふ幼い心は、たとひ将来私共と子供とのあひだがどう悪くならうとも、私はそれを越えて、感謝することを忘れまいが、その子供の心が初めて激しくあらはに、私のふところへ飛びこんで来たのは、この時だつた。私共が二時間以上も約束におくれたことが、私の一生ありがたい記憶をつくることになつたのは、子供にはかはいさうなことだつた。私の子供にならうといふのは、幼い心にも、さうなまやさしいものでないのが、この時から私にも確められ出した。

政子の母は旧姓名を権野富江といい、長女・和子はすでに結婚して岸本姓になっており、次女・昭子はのち結婚して阪本姓になる。富江はのち、この和子の娘を預かることになり、孫娘とともに柏木松之介という男と再婚することになる。

そのあと、川端は政子の母の姉に会い、幼いころの思い出話になるが、そこに「医学校」というのが出て来る。これはどうやら、大阪高等医学専門学校で、現在の大阪医科大学であり、当時から高槻《たかつき》に所在している。

政子の実母危篤、の知らせを受け取って

「天授の子」は、私小説の名作と言っていいと思うが、戦後の一九五〇年『文學界』二月号に載せ、三月号に続編の「水晶の玉」を載せるという川端方式で発表された。

これは事実と作中に描かれたこととの対応は事実そのままだが、出て来る人物も多く複雑である。まず川端は「定家《さだいえ》」という名前の有名作家で、年長の作家（豊島与志雄か）らとともに広島の原爆の跡地を観に行った際に、政子（作中では民子）の実母（作中では時子）が危篤だという電報が鎌倉の自宅から届く。これは時子の家族が鎌倉へ知らせたのを、電報を打ってきたものだ。

作品冒頭は、

安芸の宮島から急行で、夕方前に尾道へ着くと、プラットフォウムに桑田の細君が出迎へてゐて、私は電報を渡された。老眼鏡を出して読んだ。

――トキコキトク二〇ヒタミコトタツ」アサミニレンラクサレタシ

民子は私の養女である。時子はその実母である。

浅見は交野《かたの》にゐる私の従兄である。三十日は明日である。

私の妻が打つた電報だ。大阪の時子の家から、鎌倉の私の家にしらせ、また鎌倉から私の旅さきにしらせて来たわけだつた。

多分もう死んでゐると私は思つた。

六年前の春、時子のところから十二の民子を鎌倉へつれて帰つたきり、私は時子に会つてゐない。手紙も四五年書かなかつたやうだ。もらつた子供の実母を遠くしようなどと考へてではなかつた。私にはさういふ考へがほとんどない。

離れて七年間に、民子も時子の老母の病気を見舞ひに行つた時、一度実母に会つただけだ。

川端としては、政子に、実母に手紙を書くよう言ったのだが、それを書こうとしないので弱ったという。

> （略）私はどうしてもわからなかつた。養女になつたから実母にたよりしては悪いなどと考へるやうな子供ではなかつた。時子もさういふ風に教へてよこす賢母型ではなかつた。別れる時も手紙をほしいと民子に訴へるやうに言つてゐた。

元来、川端、黒田、秋岡といった家は、裕福な農民階級に属し、川端が子供のころは、実業家や政治家もいて盛んだったが、川端が大人になるころに没落したらしく、川端は作家として名をあげたが、秀孝は遊蕩《ゆうとう》に溺れ、家庭を破壊したということで、そこから川端家へ養女に行った政子には、階級上昇をしたような意識があったらしく、実母のことは「お母さん」と呼んだが、秀子のことは「お母さま」と呼んだといい、鎌倉の家が借家とはいえ立派なのに驚き、自分は湘南白百合というお嬢様学校へ行ったが成績もよくなく、著名作家の娘にふさわしくないと考えたりもしたらしい。実際、養女に来た時分から見ても、川端の社会的地位はどんどん上がっていったわけである。

「桑田の細君」とある「桑田」は、現地在住の作家・田辺耕一郎のことで、今回のペンクラブによる広島視察はおおむね田辺が現地で調整したものだったからである。

　私たち夫婦が民子を鎌倉へつれて帰る時、別れてゐる民子の実父や二人の姉、また民子の母の兄や姉も見送つたが、改札を待つ列を私が離れて便所に行つて来ると、民子は叔父さんがゐなくなつたと言つて泣いてゐた。母が叔父さんはどこも行かない、直ぐもどつて来るとなだめてゐた。民子の泣いたのはこの時だけだつた。汽車が出る時も、汽車のなかでも、鎌倉へ着いてからも、泣いたことはなかつた。

危篤の電報を受けて、川端はもうこれは助からないものと思い、

　――タミコムネコトアスユク」ワタシモユク」タミコノコトハアンシンセヨ」サダイエ

これを元の名前通りに直すと、

——マサコヒデコトアスユク……マサコノコトハアンシンセヨ・ヤスナリ

となるわけだ。

私小説を書く時に変名を考えるのは、私にとっては楽しいひと時である。名前に意味があったりするとひと際苦労するが、私小説やモデル小説書きで一番楽しいのが変名を考える時で、同じ小説内でバッティングしてはいけないし、政子の名前を別の人につけるわけにはいかないのであれこれ考えるのは楽しみである。

この時、川端の妻は妊娠している兆候があったが、川端はこの騒ぎでまた流産するだろうと思っていたら、その通りになった。ここに、妙な文章がある。

妻が子を産むことについても、私はまあ自然に頼つてゐた。私が五十を過ぎ、妻が四十を過ぎてゐるのも、苦にならなかつた。私が早く死んで、孤児となり浮浪児となつても、子には子の生があるといふ風にも考へた。私はすでに多くの人の転変を見、あのやうな戦争も通つて来た。子供が産れた翌《あく》る日、私が死んでも、大きい生は流れてやまぬと思つてゐた。また、産れた子を見たら、子を妻にあてがつて、自分は自殺しやうと、ひそかに妄想するおりおりさへあつた。空想に過ぎないが、せつない自己赦免の感がないでもなかつた。

これはあるいは戦争に対して川端が責任を感じているということを意味する文章だろうか。むしろ積極的な戦争協力者でファシストであった友人・横光利一の弔辞で、自分はもう滅びゆく日本の悲しい美しさしか書かないと言っていたことと関係するのだろうか。しかし「悲しいほど美しい声」と書いたのは戦争より前のことだ……。

尾道《おのみち》に滞在することに私は厳島《いつくしま》できめた。東京の表千家の茶席で知り合つた美術史家が奈良の博物館長と二人で、私たちとほぼ同じ時刻に尾道へ着き、明日は市の古美術を見るさうだから、私もそれに加はれるかと楽しみだつた。また、広島に私の亡友の遺稿を保存してゐる婦人がゐて、私は束ねて、七八寸のかさのあるそれを預かつて来た。

とある。「美術史家」のほうは、森暢《もりとおる》（一九〇三－八五）で、「奈良の博物館長」というのは、奈良国立博物館館長のことで、黒田源次（一八八六－一九五七）であろうか。また「亡友」というのは横光のことで、その遺稿を保存していたのは、横光の最初の妻で、一九二六年に死んだキミの兄の作家・小島勗《こじまつとむ》（一九〇〇－三三）の夫人だった津田愛子というややこしい関係である。

富江の家へ行くのに、国鉄の駅で降りたとあり、茨木《いばらき》中学校時代にその駅から一駅乗ったとあり、茨木中学校は今の茨木高校で、茨木駅から最寄りなので、摂津《せっつ》富田《とんだ》駅が出来たのは川端の卒業後だから、高槻駅のことだろう。だが実際に富江が住んでいたのは神戸市の垂水《たるみ》であったから、ここは事実を変えている。

富江は生きていて、上の娘の「波子」と、今の夫の「大江」が出てきたという。柏木が大江に変えられていて、これは柏木から『源氏物語』を連想して平安時代の姓である大江に変えたか。結局は盲腸炎だったのが腹膜炎を起こしかけたということであった。

鎌倉から秀子と政子が特急「平和号」で大阪駅へ着くというので、川端らはそれを迎えに大阪駅まで行ったとある。正確には特急「へいわ」で、一九四九年九月から運行が始まり、愛称公募の末五〇年一月には「つばめ」と改称されたから、四九年十一月末には「へいわ」でいい。

親戚筋がぎこちなく集まったあとに

政子の姉の和子と昭子が駅の東口と西口で待ち構えるため出かけていったが、あとから川端も行った。降りて来た政子に、実母が無事だったことを伝え、一緒に家へ戻る。

結局、秀子はこの時また流産してしまった。そこへ、大阪駅へ政子の実父と富江の実兄が迎えに来るということになった。

> そこに時子の実兄とその息子とがゐた。時子の兄はもう六十歳、六年前に私が民子をもらふ時、私夫婦は時子や民子もいつしよにこの民子の伯父の家へあいさつに行つてから会つてゐないが、老けてゐなかつた。（略）息子もあまり父とは似てゐない。痩せてゐて、父より弱く見えた。東京の学校を出て出版社につとめてゐたころは、同人雑誌などに小説や文藝批評を書いてゐた。私の家へもときたま来たが、私は縁者が文学者の苦労に深入りするのを手つだふ気にはなれなかつた。その後故郷に帰つて、今は俳人として知られるやうになつてゐた。句作ばかりではなく、新しい俳句論をさか

んに書いてゐるらしかつた。

富江の兄というのは、養子に入って小寺勝雅《こでらかつまさ》といい、息子のほうは小寺正三《しょうぞう》（一九一四–九五）で、早大中退、のち社会党支部長や豊中市議を務め、作家としての著作もある。そこで、富江の家へ一同で向かったが、富江の前の夫・黒田秀孝と今の夫の柏木とが顔を合わせることになり、二人とも距離を置いていたということがあり、久しぶりに母に会った政子は、枕元へ座ったが、何も言わずにただ涙を流していた。


二三ケ月前であつたか、妻が話した。

「明ちやん（姉の昭子）から民子（政子）に手紙が来て、近いうちに、また休みを取つて鎌倉へ行きたい、こんどは二三日泊めてほしいと、言つて来たらしいんですの。来なくてもいいつて、民子は返事を出したんですつて。」

「へええ？」

私は二の句がつげなかつた。

「おどろくでせう。きついですねえ。はつきりしてますよ。」と妻も言つた。

川端は、わずらわしいのか、今の暮らしを姉に見られたくないと思ったのかと書いているが、それで間違ってはいないだろう。

そのあと、政子を残して秀子と二人で大阪の土佐堀の宿屋に向かう。これは「京屋」という店で、三代目中村雀右衛門《じゃくえもん》（一八七五－一九二七）の未亡人が経営していた。

> 昔私がこの宿に初めて四人づれで泊つた時の友人たち、それはそのうち一人の洋行を神戸まで見送りに来たのであつたが、私のもつとも親しかつたその友人は三人とも死に、私が一人生きてゐる。

とあるが、神戸から洋行したのは横光で、昭和十一年二月のことである。この時一緒で、この時点までに死んでいたというのは、横光自身のほか、片岡鉄兵（一八九四－一九四四）がいる。だがほかには横光の弟子の中山義秀《ぎしゅう》（一九〇〇－六九）、大阪の作家・藤沢桓夫《たけお》（一九〇四－八九）がいて、いずれもこの時点では存命で、三人死んだとは数えられないのである。川端の誤記か虚構であろうか。

その翌朝、女主人が菓子を持って挨拶に来て、
「その節はたしかお香奠《こうでん》をいただいてをりますね。」と言つて、謄写版刷《とうしやばんず》りの本をくれた。戦死した息子の友人が戦場の息子を小説風に書いて同人雑誌に出した、その写しだつた。女主人は歌舞伎の名高い女形の未亡人で、一人息子も歌舞伎役者だつた。香奠をくれた人のなくなつてと、女主人は私の友人の話もした。また嫁にやつた一人娘の話をした。婿は大学の教師をしてゐて、その月給で足りない話が、女主人は楽しさうだつた。

歌舞伎役者は、三代目中村雀右衛門で、屋号は京屋で、それをこの宿の名にしている。息子は中村章景《あきかげ》（一九一八－三九）で、昭和十四年に中国へ出征して戦病死している。香奠をくれたのが横光だとすると、その後また来てのことだろう。章景は中村芝雀《しじやく》*を追贈されたが、六代目大谷友右衛門《ともえもん》という歌舞伎俳優が昭和十八年に鳥取で地震のために死に、残った息子が七代目友右衛門を継いだが、これが章景の親友だったため、この女主人が、いずれ雀右衛門を継いでほしいと言っていたのだが、友右衛門は映画の世界へ行ったため、

三代目中村時蔵の次男が中村芝雀となり、将来雀右衛門を継ぐことになっていたが、兄の中村歌昇《かしょう》が病気のため廃業し、父時蔵が死んだため、芝雀が四代目時蔵を襲名し、話がまた友右衛門に戻って来て、未亡人に勧められたため友右衛門が雀右衛門を襲名した。これが私らのよく知る先代の雀右衛門で、今は長男が友右衛門、次男が芝雀《しばじゃく》をへて雀右衛門になっている。なお四代目時蔵は、一九六二年に、睡眠薬の中毒のため三十四歳で急死し、睡眠薬中毒だった川端を恐れさせている。

＊現在では「しばじゃく」と読まれているが当時は「しじゃく」

戦後日本の一家族を描く傑作

「天授の子」では、戦争と戦後に対する川端の感懐も、よそで書かれているのと微妙に違ったニュアンスで書かれている。

「私は戦争をいきどほるよりもかなしかつた。日本があはれでたまらなかつた。」

敗戦によって川端は虚脱状態になったが、

「ところが終戦の直後から私は新しい出版会社の重役になつて、山里にかくれたい者が、日本橋の真中へ毎日通ふことになつた。これで私は救はれた。自分の内のかなしさみじめさが自分の外の事務でまぎれた。」

「私は日本ペン・クラブの会長にもなつた。非社交的な日本の作家のうちでも非社交的で、英語も話せず外国文学にも通じない私が国際的なペン・クラブの会長といふのは、われながら、道化てゐてをかしいやうだが、」

というが、最後の箇所はウソである。川端は実際には社交的である。若いころはノーベル賞作家のゴールズワージーやダンセイニの作品も翻訳していて、英語はそれなりにできた。

「天授の子」という言葉は、易者が使ったものだという。だがこの小説は、私小説としては模範的な出来だと思う。富江が危篤という電報を受けて、旅先の川端と、鎌倉から秀子と政子、さらに前の夫や実兄とその息子など関係者が一堂に会するが、それが妙にぎごちない、その間に川端自身の戦後の心境が描かれる、こういう作り方がいい。見直されるべき作品だと思う。また、この事件の少しあと、川端は旅先から政子に宛てて長い手紙を書いている。これは『川端康成伝』でも引用したが、いい手紙なので再度引いておく。一九四九年十二月十五日のものだ。なお当時、川端は妻を一栄、政子を麻紗子と改名して手紙でそれを使っているが、占い師の示唆らしく、ちょっと不気味ではある。京都の柊家《ひいらぎや》という旅館からのものだ。

昭子（政子の姉）ちやんに会つて、お母ちやんのこと聞きたく、大阪のガス会社の本社に行つたが、昭子ちやんは去年の六月にやめて、社には居なかつた。この間垂水では、なにかのわけで社をやめたと言ひにくかつたのだね。別のところにつとめてゐるのかもしれない。大阪の帰り夜九時ごろになつて、お母ちやんの家には寄れなかつた。もし出来ればもう一度会ふ。しかし病気は盲腸とすると大丈夫だ。変つた事あれば、この宿へも報せて来るはずだ。

麻紗子がお母ちやんに会つた〈の〉はよかつた。あんな風に集まるとフクザツだが、不断は静かな暮しなのだらう。柏木さんといふ人は実にいい人だ。ああいふ人の方が落ちつかせてくれるだらう。家はみすぼらしく貧しいのかもしれないが、孫を連れ子しての弱い体には、あんなのが心安らかだらう。お母ちやんは不運な生涯でさびしくて悲しいが、もう麻紗子も知つてゐる通り、人はそれぞれみんなさびしくて悲しいのだよ。お母ちやんは心のよい人で、人を信じるところがあるから（例へばお父さまお母さまを信じて、麻紗子をよこした。）まだしも幸せだ。お父さまは信じられるに足りず、麻紗子を不満にも不安にもしたが、麻紗子を深く愛して居るから、根本ではゆるされる点もあるだらう。うちのお母さまもいろいろ困つた人だが、実にいいところ、立派なところもある。達子ちやんが東京へ戻つたのなども、それに動かされてだ。

麻紗子も学校は出来なくても仕方ないが、心の温く広い人になることだ。すべての人を善意で見て、人の身になつて考へるのがいい。稽古事でも何でも夢中になるものをつくり、持続することだ。人やものに愛情を注ぐことだ。そのほかに人間の幸福はない。お父さまもまた新しい出発をして、残りの生涯の仕事に没頭する。宿ではよく気張つてゐるので、宿中の人が同情し、いろいろサアビスしてくれる。広島で感動して、精神が活動し出した。戦争以来いぢけてすくんで暮して居た。麻紗子も感動、映画にでも小説にでも感動する折を多くするがいい。悲しいこと、苦しいことは、むしろ人間にある方がいいので、恐れるには及ばない。（略）明後日ごろ帰る。風邪ひかぬよう《(ママ)》。自分をだめだと思はぬよう《(ママ)》。（後略）

「政子もの」といえる短編「再婚者」「無言」、未完の「母の読める」

「再婚者」は、昭和二十三年（一九四八）一～五、八月号の『新潮』に載ったもので、わりあい長く、百六十枚くらいあるが、三十五歳の「私」という男が、二十八歳の時子という女と結婚し、時子は十九歳の時に池上先生という年長の人物と結婚したが夫に先立たれ、子供が二人おり、先夫の弟夫婦が育てているが、その一人である房子を中心とした物語で、「私」は手記を旧友の作家A・Gに送ることにするという枠構造だが、この枠構造は途中で忘れられたようである。この作品について川端は随筆「独影自命（十三）」で、「死者を歌つた」詩に着想を得たとしており、辻秀平（関西大・院生）は、ジュール・シュペルヴィエルの「ありがたち」ではないかとしている（川端文学研究会、二〇二一年十二月二十日）。これは鎌倉文庫から出ていた雑誌『ヨーロッパ』の一九四七年十二月号に堀口大學の訳で載ったもので、堀口訳の『シュペルヴィエル詩集』に載っているが、あくまで死者が生者に与える影響についての簡単な詩で、着想の一部でしかないだろうと思う。

　これも読んでいくと、富江が柏木と結婚し、政子を川端が養女にしたのをモデルにしたもので、房子の心中を中心に小説は書かれており、政子ものと言っていいだろう。だが、川端がよく知らない柏木の中へ入り込むのは難しいので、途中から「私」は、柏木というより川端、つまり房子を養女にした男に変わってしまっており、失敗作と言えるだろう。

ここでは、房子は二十一歳になっていて、もう嫁入りが決まっているが、実際の政子はまだ十五歳くらいである。川端としては、いろいろに政子を描くことで、その内心に迫ろうとし、また政子がそれを読んで自分の愛情やなんやかやを受け止めてくれることを期待したのであろう。

「母の読める」は、昭和十四年から十五年の『文藝』に四回連載され、未完に終わって、単行本にも収録されず、没後出た『舞姫の暦』に収録され、今は全集の第二十三巻に入っている。

作家の高岡が、函館から青森へ向かう連絡船の上で、中年婦人から声を掛けられるところから始まっている。それはかつて高岡に原稿を送ってきていた文学青年・田宮春治《しゅんじ》の母であった。

高岡のもとへは多くの作家志望の男女から原稿が送られてくる。中に、素質があったのに若くして死んだ娘がおり、高岡はその娘の原稿に手を入れて発表したところ好評だったという作品もある。「女学校での親友を自分の従兄に紹介して、二人が結婚するやうになるといふだけの筋だが、その二人に対する彼女の愛情が、あふれ出る美しさだつた。」「或る若い作家は、その作品に大変惚れこんで、自分には到底書けないものだと言つた。私はその若い作家の慧眼《けいがん》に敬服した。」とある。どの作品か、私は探したがそういうものは見当たらなかった。だが、川端ではないが、若い娘の作文を書き直して名作とされているものなら、太宰治の「女生徒」である。これは十八歳の有明淑《しず》が自分の日記を太宰に送り、太宰がそれを換骨奪胎《かんこつだったい》して「女生徒」として、昭和十四年四月に『文學界』に発表したものである。八月には短編集『女生徒』が砂子屋書房から出ている。

「母の読める」はその十月からの連載だから、川端が「女生徒」を念頭に置いていたのは間違いあるまい。川端と太宰の関係は、いったんは修復されたが、太宰が、三回目の芥川賞は貰えると思って手紙を書いたが、一度候補になった者は二度候補にしないという取り決めで落とされてからまた悪化していた。だからこれが、太宰へのからかいに見えてしまったということはあるだろう。

「母の読める」の題名につながる本筋はこれからで、田宮春治という文学青年は、母の代からの文学好きで、川端に原稿を送ってきたが、まったく才能が認められず、川端が手紙を書いたが、春治は次から次へと戯曲やら何やら長いものを送ってきて、そしてとうとう気が狂って青森の癲狂院《てんきょういん》に入れられてしまったという。母が言うには、それでも原稿は書き続け、母に渡すが、母にはわけのわからない原稿なので、母は自分で別の原稿を書いて、息子に読んで聞かせているという。母に連れられて青森の癲狂院へ春治を訪ねたところで、小説は中絶している。

この「田宮春治」という名は、太宰の本名「津島修治」を思わせる。「刺す」と書かれた恐怖と、それから来る復讐の念は、川端の中にあり、「母の読める」は、隠微に太宰をからかう小説になっている、と私は考える。

戦後、昭和二十八年（一九五三）四月号『中央公論』に載った「無言」は、大宮明房という六十六歳の作家が、脳溢血か何かでまったくものを言わなくなっている、それを三田という青年が訪ねていくのだが、訪ねる先は鎌倉ではなく逗子《ずし》である。明房は妻を亡くし、下の娘は嫁に行って、長女の富子が面倒をみている。これも政子がモデルだろう。

「父がかうなりましてから、私のよく思ひ出す、父の小説がありますの。父のところへ毎日のやうに変な手紙をよこしてゐた、作家志望の青年のことを書いたものですが、その人はほんたうの気ちがひになつて、脳病院へやられました。（略）その人は始終原稿紙に向つて書いてゐたんですつて……。書いたつもりなんですの。紙は白いままです。そこまでは実話で、その後が父の小説なんです。青年の母親が見舞ひに来るたびに、お母さん、書けたよ、お母さん、読んでみて下さい。お母さん、読んで聞かせて下さい。母親は一字も書いてない原稿を渡されて泣きたいんですけれど、よく書いてあるね、おもしろいよと言つて、（略）母親は白紙を読んでやるんです。原稿を読むやうな風に、母親自身の話を聞かせることを思ひつきましたの。そこが父の小説の思ひつきですわ。母親はその子の生ひ立ちを話しますの。（略）」

「母の読める、といふのでせう。大宮先生の名作の一つぢやありませんか。忘れられない作品です。」

「母の読める」は単行本にも入っていない未完の作品だが、ここで実名で出てきている。当時の読者でそういう作品が実在することを知る者は少なかっただろう。この時、太宰は入水自殺して五年にもなる。政子はもう二十一歳になる。「母の読める」では、春治が書いたわけのわからない原稿を、母が変えて読むが、こちらでは原稿は白紙のままで、これはもしかすると川端が記憶だけで間違えて書いたものかもしれない。

＊

〈追記〉短編集から分かる川端のすごさ

「弓浦《ゆみうら》市」というのは、昭和三十三年（一九五八）に『新潮』一月号に発表されたが、奇妙な小説だ。香住庄介という作家のところへ、中年の婦人が訪ねて来て、九州の弓浦市から来たと言い、三十年前に香住が、貴田弘、秋山久郎といった作家と一緒に来たと言う。貴田、秋山は年長の、物故作家だが、思い出せない。これはおそらく菊池寛と芥川龍之介だろう。

さらに婦人は、その時香住に結婚を申し込まれたが断ってしまったとか、生まれた息子は香住の子かもしれないと思ったとか言うが、香住にはまったく覚えがない。婦人が帰ったあとで地図を見ても、九州に弓浦市などという地名はない。

この中年婦人が頭がおかしいというだけの軽いホラーかもしれないが、「弓浦市」という地名を作るあたりに、『東京の人』の「弓子」の影を私は感じる。もっとも、モデルとなったのは長崎で、本文中にも書いてあるが、長崎に文人を愛好する永見徳太郎という裕福な人物がいて、芥川と菊池がともに大正八年、長崎を訪ねたことがあり、その記憶がもとになって、あるいは夢ででも見たのであろうかと思われる。

講談社文芸文庫の『再婚者・弓浦市』は、戦後の川端の短篇から変わったものを選んでいて面白い。もっとはっきりと面白い短編集は戦前の『愛する人達』であり、『花のワルツ』あたりだろう。川端康成文学賞が短篇の賞であることからも分かるが川端は短篇作家であり、あまり『古都』のようなのを読んでこれが川端かと思われても気の毒だし、『雪国』でさえ、これを率先して川端の代表作とするのはどうかと思う。

第十章

徳田秋聲と横光利一、今東光

なぜ川端は、冷酷な徳田秋聲を評価したか

川端は、先輩作家の中で、徳田秋聲《しゅうせい》を特に高く評価していた。このことはちょっと意外で、作風からいえば秋聲の宿敵ともいうべき泉鏡花、ないし谷崎になりそうだが、鏡花が好きだったのは里見弴と水上滝太郎《みなかみたきたろう》で、自分とは逆の渋い秋聲の作風に惹かれたのかもしれない。日本小説史を書くなら、『源氏物語』から西鶴《さいかく》へ、そして秋聲へ飛ぶ、と言っていたが、西鶴というのもやはり意外な気はする。

徳田秋聲は、鏡花、室生犀星《むろうさいせい》とともに金沢三文豪と呼ばれ金沢の出身で、尾崎紅葉門下に入ったが、自然主義的な作風は紅葉門下では異端で、紅葉没後、自伝的小説「黴《かび》」で紅葉の死の様子を描いたため紅葉を崇拝する鏡花の怒りを招いた。

妻となった小沢はまのそれまでの人生をモデルとした『足迹《あしあと》』のほか、女に取材してその半生を描いた『あらくれ』などの作があるが、のち昭和十六年、藝者の世界を描いた「縮図」を「都《みやこ》新聞」に連載していた際、時局柄ふさわしくないとして情報局の干渉を受け中絶した。また大正末には妻を失い、たまたまそれより先から弟子入りを希望して上京していた山田順子《ゆきこ》と愛人関係になり、「順子もの」と呼ばれる短篇をいくつか発表してか

ら、それを集大成した「仮装人物」を雑誌に連載し、これで第一回菊池寛賞を受賞した。『あらくれ』などは、藝者や娼婦に淪落する女を描いており、しばしばモデルに取材し、そのモデルと寝てしまうこともあり、それをまた小説に書いたりしたが、それ以外にも数多くの通俗長編を新聞などに連載し、きわめて多作な作家ではあったが、かなり渋い文章で、川端が時おり見せる華やかさはまったくなく、人間を見る視線が一貫して冷酷である。

川端はなぜ秋聲を評価したのか、それは自分とは対極にあるものとして評価したのか、自分もこうなりたいと思って評価したのか。

戦後になって、野口冨士男が、十五年の時日をかけて『徳田秋聲伝』を書いて毎日藝術賞を受賞しているが、川端は野口を評価したか、のち『日本ペンクラブ五十年史』の執筆を野口に任せている。

しかし、川端は徳田秋聲の作品がどのようにいいのか、詳しく書いたことはない。しかも、私が知る限り、川端に、秋聲のどこがいいのか、私的会話で訊いてそれを書いた人もいないし、インタビューなどで訊いた人もいない。だから推定するしかないのだが、藝妓や娼婦になるような女に川端は関心があり、だがそれを秋聲のように冷徹に描くことができなかったから、秋聲を評価したのではないか。川端は、戦後まで芥川賞の選考委員をしていたが、安部公房や堀田善衛が受賞した時、選評で、安部や堀田のように書きたいと言っていたり、理想とする方向性によく分からないところがある。安部の場合、川端にもいくらかそういう書き方のものはあるとは言えるが……。

実際に川端が秋聲のように書いていたら、川端ファンはその秋聲的川端を好きにはならなかったろうが、川端には作家として自己嫌悪的なところがあり、自分の作風を好む人を好かない傾向があったと思う。むしろ『名人』を好きな人のほうが好きだったのではないか。

右傾化した友・横光利一との関係

横光利一は川端の一つ上で、新感覚派の作家として常に併称されてきたという。だが横光は、欧州旅行から帰ったあたりから急速に右傾・ファシスト化し、日本の戦時体制や天皇主義のイデオローグとなっていった。川端は、元左翼で転向したと言い、やはり右翼的な言辞の多かった片岡鉄兵や、横光と親しくはしていたが、川端は戦後にいたるまで反共主義であったし、佐藤栄作とも親しい程度には保守派ではあったが、横光のようなファッショ・右翼であったとは思えない。戦後二年して、日本の敗戦に心破れたみたいに横光が死んだ時、川端が読んだ弔辞というのは、「僕は日本の山河を魂として、君の後を生きてゆく」というもので、これはあの有名な「私はもう死んだ者としてあはれな日本の美しさのほかのことは、これから一行も書かうとは思はない」という、戦後すぐの島木健作の弔辞と響きあっており、これらは故人を悼《いた》むというより敗戦国日本を悼むような調子で、私は今もなお、友への感傷から川端は政治的平衡感覚すら失ったのではないかと感じざるをえない。

　谷崎潤一郎や永井荷風などは、戦争の終結をむしろ喜んでいた節もあるし、川端もまた、戦争には最低限の協力をしただけだと言っている。だが、横光と入れ替わるように川端の前に現れたのが三島由紀夫で、これがまた年を追うにつれて横光の生まれ変わりのような右翼の凝り固まりになっていく。しまいには楯の会のセレモニーに来てほしいとねだり、川端が欠席すると恨むようになるのだが、そもそも島木や横光への弔辞の時点から川端には誤解される余地があったとも言えるのである。

　私が大学院生だったころ、東大仏文科の教授で、文藝評論家であった菅野昭正が『横光利一』という著作を出した。それはちょっとした横光ルネッサンスの趣きがあり、横光は、単なる右翼作家ではないという雰囲気もしばらくはあった。関川夏央は二〇一二年に『東

と西　横光利一の旅愁』という評論を出している。だが、私が実際に読んでみた結果は、かなりタチの悪い、通俗的で、かつ右翼的な作家であるという結論に至らざるをえなかった。それは、横光の次男・佑典が生きていて、鷗外の娘・小堀杏奴の娘と結婚していたが、この人の書いた横光利一回想の文章が、まったき右翼の立場から書かれているのを見て、これはもうダメだと思ったのであった。

禍根を残す臼井吉見の『事故のてんまつ』

臼井吉見は、長野県の安曇野出身の文藝評論家で、友人の古田晁《ふるたあきら》が筑摩書房を興すと、その雑誌『展望』に拠って評論活動を開始し、谷崎潤一郎が晩年「夢の浮橋」を書いた時も酷評し、作家は六十を過ぎたら小説が書けないなどとした。その一方、大河小説『安曇野』を書いて谷崎潤一郎賞をとっている。

今世紀に入って、文藝評論家の地位が低下し、有力作家の批判などを文藝誌に載せることができなくなっているが、二十世紀にもある程度有力作家への忖度というのはあった。

だから臼井が、川端没後五年の一九七七年に『事故のてんまつ』を出したのも、川端の圧力がなくなったからと言えないこともないのだが、ここで描かれたのは、川端がその晩年、安曇野出身の若い女性をお手伝いとして手元に置き、大変かわいがったが、その女性が仕事を辞めて帰ってしまうことになり、それがきっかけで川端が自殺したといった憶測ではある。これが川端家側の異常な反応を引き起こし、臼井と筑摩書房が訴えられることになった。と同時に、小説形式で書かれたこれに、川端が被差別部落出身だととれる箇所があり、それは単行本にする際に削除されたのだが、部落解放同盟が臼井を攻撃し、臼井と筑摩書房は同書を絶版にして川端家は提訴を取り下げた。

この時先頭に立って戦ったのが川端の女婿の当時東大露文科助教授だった川端香男里で、実際に川端がかわいがった女性がいたのは事実だし、養女にしたいと言っていたのも事実なのだが、香男里はそのへんがはっきりせず、事実ではない、と言う。しかし、どこが事実でないのかは言わないのである。

私は事件から三十年以上たって『現代文学論争』（筑摩選書）でこれを取り上げたのだが、川端家周辺の研究者には相変わらずこれを攻撃し、臼井吉見を悪く言う者が絶えないのには驚いた。故人となったＭＳという人は臼井を攻撃して、『安曇野』のあの清冽な抒情はどこへ行ったのだなどと書いていたが、どうやらこの人は『安曇野』を臼井の純情な自伝小説だとでも思い込んで、読んでいなかったらしい。『安曇野』は、相馬黒光《こっこう》と荻原守衛《おぎわらもりえ》の愛の相剋を描いた小説なのである。

川端に批判的な批評家は、平野謙や江藤淳がいて、平野も江藤も川端が死んだ時に新聞記事や『新潮』の臨時増刊で批判をしているほどなのだが、川端家の恨みはなぜか臼井にばかり向かっていて理解に苦しむ。小林秀雄なども、川端とは親しかったから、同じころ筑摩書房が『里見弴全集』を出した時に、筑摩が気に入らないから刊行記念会に出ないなどと言ってさえいたのだが、それでいて小林は江藤とは親しかったらしいのだから不思議である。

友人・今東光は黙して語らず

川端の、小学生の時の同級生が、笹川良一である。学生時代、『新思潮』を始めた時に一緒だったのが、今東光《こんとうこう》である。ほかの仲間たち、鈴木彦三郎や石浜金作は東大生だが、今は、今武平《ぶへい》という船長の息子で、川端は武平から心霊学を学んでいる。東光は本名で、当時は美青年だが、不良だった。『新思潮』は谷崎から芥川や菊池寛に受け継がれた名前だが、菊池に名前の継承について了解を得ようとした時、菊池は、今東光は不良だからやめておけと言った。川端は、それなら名前は要りません、と言ったので、菊池が許したという。

のちに『文藝春秋』ができて、川端や横光、今が『文藝時代』を出したころ、『文藝春秋』に、悪名高い「文壇諸家価値調査表」というおふざけ記事が載った。田山花袋から芥川、川端など大勢をとりあげて「天分」「好きな女」など揶揄《やゆ》したもので、東光と横光は菊池の自分らへの嫌がらせだと怒り、新聞や雑誌に抗議文を投稿した。川端はそれを知り、横光の分は郵便局へ行って取り返させたが、東光のはそのまま載ってしまい、菊池が反論した。その間、直木三十五が、あれを書いたのは自分だ「さあ殴れ」という文章を発表していたが、東光はどういうものか筆を折って、出家して比叡山へ籠ってしまった。

仏教研究の執筆は続け、谷崎潤一郎を師と仰いだ。戦後になって、弟で作家の今日出海《ひでみ》が直木賞をとり、そのあと東光が五十代で直木賞をとって、流行作家となった。自民党の参議院議員にも当選し、テレビにもよく出た。中央公論社で「日本の文学」という文学全集を編纂した時、編集委員の長老だった谷崎は、東光に一冊か半分を充てるつもりでいたが、川端が「いい作品がない」と言って猛反対した。編集部では、川端は東光の友人ではないかといぶかった。「名作集」の中に一編でも、と言われたが、川端が、本人のためになりません、と退けた。

『東光金蘭帖』という、当時出た東光の随筆集は、中公文庫にも入っており、裏表紙に川端の推薦文が載っているが、これは最後の部分を削除してあり、そこには「東光も偉くなったものだ」という嫌味のようなものが書いてあった。川端の自殺後、東光は五年生きて放言を続けたが、川端との関係については黙して語らなかった。

最後に、谷崎潤一郎との不和について

昭和の日本で、美的で華麗な純文学を書く作家として、谷崎、川端、三島をあげる人がいたが、この三人はそれぞれ来歴は違う。作風は、谷崎と川端が近く、三島は両方に師事したから、三島の『禁色《きんじき》』に出て来る老作家は、谷崎のようにも川端のようにも見える。谷崎は一八八六年東京生まれ、川端は一八九九年大阪府生まれで、十三歳違うし、親しくしたことは一度もなく、むしろライヴァルとして敵対していた。谷崎と川端が同じ病院の上の階と下の階に入院していて、川端の病室で水をこぼしたのが、下の谷崎の病室へ漏れ落ちたという話もある。戦後『細雪』について鼎談をしたことはあるが、川端がその時の話をもとに『千羽鶴』を書いたんじゃないかというのは私の推定である。『眠れる美女』と『瘋癲老人日記』は、同じころに、老人の性を描いた文学として話題になったが、

谷崎のほうでは川端作品について何も言わなかったし、川端は、あの人は私のものなんか読みませんよ、と言っていた。

　谷崎は、関西へ移住してからは、人と集まって何かをするのを嫌う作家になったが、川端は戦後になって、ペンクラブ会長を務めるなど政治的作家として生きた。谷崎が、川端のそういうところを嫌ったというのはありうるが、今東光をめぐる事件も、東光が谷崎を師と仰いだことから川端との関係が疎隔したとも言え、関係は複雑であり悪い。

　伊吹和子は、谷崎と川端の双方を担当した編集者だが、谷崎が死んだ時葬儀の手伝いをしていたら川端が来て、いま一番悲しいのはあなたです、と言っていたわったという話もある。

本と土地の記憶——あとがきにかえて

ある本が、それを読んでいた場所の記憶と結びついてしまうということがある。たとえばメルヴィルの『白鯨』なら、大学四年の時に、家庭教師先の西浦和駅で、帰ろうとしたら嵐に近く、プラットフォームへ上がれなかったため、階段の下で夢中になって読んでいた記憶が張り付いているし、ディケンズの『二都物語』は、高校三年の時の三者面談のため待っていた時に読んでいたのを覚えている。谷崎潤一郎の「所謂痴呆の藝術について」は、全集で読んだ随筆なのに、当時の実家からほど近い商店街の古書店のあたりの四つ角の記憶が浮かび上がってくる。

本書を書くために私は川端の作品をいくつか読み返したが、本格的に初めて読み返したのが『みづうみ』で、これは大学生のころ読んで以来、読み直したことがなく、存外面白いと感じたものだが、これは日本のどこが舞台なのかははっきりしない。ところがこれを読みながら、私はふとグーグル・ストリートビューで、私が育った埼玉県越谷市のあちこちを見て回っていたために、『みづうみ』の舞台がまるで越谷市であるかのような記憶の錯誤に陥ってしまったが、私などはけっこう小説を読む時に、自分が知っている風景に当てはめて読んでしまうので、京都が舞台の小説も埼玉県あたりになってヴィジュアル化されていたりする。これから『みづうみ』は、ストリートビューで見た越谷を舞台とした小説に、私にとってはなってしまうのだろう。ストリートビューというのは不思議なもので、私はヨーロッパへ行ったことがないし、ある時期から飛行機に乗れなくなったので今後も行けないだろうが、ストビューを使えばまあ割合風景などは分かるのである。

ところで、今後「ポリコレ」とかフェミニズムの下で、川端のような作品をどう読んでいったらいいのか、ということだが、それは実際には男女問わずあることで、女の読者でも藝者小説を楽しく読めるという人もいるだろうし、フェミニズムに賛同できない女の読者もいるだろう。男でも年齢や履歴によってさまざまであるほかない。私はもともと、藝者や近世文藝的なものにさほど好意的ではないし、銀座の大衆キャバレーに行ったことはあるがバーの女を愛人にしたりしたことはない。二十年前に上梓した『聖母のいない国』というアメリカ小説に関するエッセイ集のうち、ヘミングウェイの『日はまた昇る』に関するものは「不能であることの希望」と題されていたのだが、のちに、これはフェミニズムに媚びた書き方だなと思い、文庫版では削除しようとしたのだが、編集者に説得されて、かつて媚びた事例として残すことにし、文庫版あとがきにその旨書いておいた。人間には
このように、現在流行の思潮に媚びるということもあるものだ、ということくらいは、心得ておいたほうがよく、結局は各自の判断に任せるほかなくて、文藝の唯一の正しい読み方などということはないものだと思っておけばいいのではあるまいか。

著者略歴

小谷野敦《こやのあつし》

一九六二年茨城県生まれ、埼玉県育ち。

作家・比較文学者。

東京大学文学部英文科卒業、同大学院比較文学比較文化専攻博士課程修了、学術博士（比較文学）。大阪大学言語文化部助教授、国際日本文化研究センター客員助教授などを経て、現職。

『もてない男　恋愛論を超えて』（ちくま新書）、『聖母のいない国』（青土社、河出文庫、二〇〇二年サントリー学芸賞受賞）、『川端康成伝　双面の人』『谷崎潤一郎伝　堂々たる人生』（ともに中央公論新社）、『川端康成詳細年譜』（勉誠出版、深澤晴美との共編）、『文豪の女遍歴』（幻冬舎新書）ほか著書多数。

小説に『悲望』『童貞放浪記』（ともに幻冬舎）、『母子寮前』（文藝春秋、芥川賞候補）などがある。

幻冬舎新書 647

川端康成と女たち

二〇二二年三月三十日　第一刷発行

著者　小谷野敦
発行人　志儀保博
編集人　小木田順子
編集者　相馬裕子

発行所　株式会社　幻冬舎
〒一五一―〇〇五一　東京都渋谷区千駄ヶ谷四―九―七
電話　〇三―五四一一―六二一一（編集）
〇三―五四一一―六二二二（営業）
振替　〇〇一二〇―八―七六七六四三

ブックデザイン　鈴木成一デザイン室
印刷・製本所　株式会社　光邦

Printed in Japan　ISBN978-4-344-98649-7 C0295
こ-6-8

幻冬舎ホームページアドレス https://www.gentosha.co.jp/
*この本に関するご意見・ご感想をメールでお寄せいただく場合は、comment@gentosha.co.jp まで。